JN441500

# 프렌드북 유출사건

#selbstschuld

# 프렌드북 유출사건

토마스 파이벨 지음 · 최지수 옮김

미래인

**프렌드북 유출사건**

**1판 1쇄 펴낸날** 2020년 9월 15일
**1판 3쇄 펴낸날** 2021년 12월 10일

**지은이** 토마스 파이벨 **옮긴이** 최지수 **펴낸이** 김민지 **펴낸곳** 미래M&B
**책임편집** 황인석 **디자인** 서정민 **영업관리** 장동환, 김하연
**등록** 1993년 1월 8일(제10-772호) **주소** 서울시 마포구 동교로 134(서교동 464-41) 미진빌딩 2층
**전화** 02-562-1800(대표) **팩스** 02-562-1885(대표) **전자우편** mirae@miraemnb.com
**홈페이지** www.miraeinbooks.com **블로그** blog.naver.com/miraeibooks **인스타그램** @mirae_inbooks

ISBN 978-89-8394-895-3 03850

*잘못 만들어진 책은 구입처에서 바꾸어 드립니다.
*미래인은 미래M&B가 만든 단행본 브랜드입니다.

처음에는 양심이란 게 마치 작은 강아지 같다.
하지만 이 착실한 강아지는 목줄을 차고
당신의 뒤를 졸졸 따라온다.

—본문에서

# 차례

## 1

# 일주일 중 가장 외로운 토요일

지금은 집에 못 간다. 엄마의 손님이 왔기 때문이다. 또 남자다. 엄마는 인터넷에서 알게 된 남자와 두 번째로 만날 때는 꼭 토요일에 집으로 초대한다. 그러면 매번 비슷한 흐름이다. 일단 남자와 마주칠 때까지 기다린다. 그러다 만나면 "안녕하세요?" 하고 인사하고 예의 바르게 악수를 나눠서 남자가 경계를 풀 수 있게 하는 것이다.

"여긴 조슈아. 우리 아들이야."

엄마가 나를 남자한테 소개했다. 그러고는 나를 현관 쪽으로 밀어냈다. 현관문을 나서면 밤이 될 때까지 집에 들어올 수 없다.

토요일에 밖에서 시간 죽이는 건 내가 알아서 해야 한다. 대개는 시내로 나가 쇼핑센터 안을 하릴없이 돌아다닌다. 엄마가 나를 밖으로 밀어내면서 영화관이나 가라며 손에 10유로씩 쥐여주긴 하는데, 나는 이 돈을 안 쓰고 아끼는 중이다. 알렉스가 갖고 있는 스쿠터를 나도 사고 싶어서다. 그렇게 모은 돈이 어느새 230유로가 되어 내 침대 밑 낡은 상자 안에 고이 모셔져 있다. 그중 절반은 내 자전거를 판 돈이다. 헬멧도 알렉스가 쓰던 걸 외상으로 40유로에 샀지만 어쨌든 마련했다. 헬멧에 흠집이 많긴 해도 상관없다. 운전면허증도 필요하겠지만 그건 천천히 따면 된다. 운전면허증 취득에 필요한 경비 정도는 아빠가 내 생일 선물로 주시겠지. 작년처럼 잊어버리지만 않는다면.

오늘도 나는 정처 없이 사람들이 바글바글한 쇼핑센터 안을 싸돌아다녔다. 얼마 전까지만 해도 집에서 나오자마자 곧장 콜라 무한 리필에 와이파이도 되는 맥도날드로 가서 시간을 때우곤 했다. 하지만 링고 녀석이 허세꾼 패거리와 맥도날드에 몰려와 자리를 차지하기 시작한 후로는 딱 발을 끊었다. 2층에 있는 아이스카페도 웬만해서는 안 간다. 쇼핑 좋아하는 여학생들이 어울리지도 않는 파마를 하고 라테마키아토를 홀짝거리며 서로 자기 것이 맛있다고 시시덕거리는 꼴이 보기 싫어서다. 그래서 그냥 전자제품 매장에서 열 살쯤 돼 보이는 꼬마랑 엑스박스를 가지고 놀았다. 그러다 다시 1층으로 내려가 가격이 싼 케밥 하나를 사 먹고 벤치에 걸터앉았다.

내 맞은편에는 열두 살쯤 돼 보이는 여자애 두 명이 티라미수를 먹고 있다. 스푼 챙기는 걸 깜빡했는지 크림을 인조 손톱을 이용해 퍼먹고 있다. 나는 그 애들이 인조 손톱에 묻은 크림을 빨아 먹는 모습을 몰래 찍었다. 그리고 그 사진을 프렌드북에 올리려다가, 리키의 프로필 페이지에 시선이 멈췄다.

리카르다 리키 모랄레스. 리키는 내 삶에 유일한 빛이다. 나랑 같은 반인 리키는 똑똑하고, 올곧고, 허영심도 전혀 없고, 무엇보다 정말 착하다. 하지만 난 그저 리키를 학교에서 곁눈질로 몰래 쳐다볼 뿐이다. 리키의 어두운 갈색 눈을 똑바로 쳐다볼 수가 없다. 내 심장이 요동치기 때문이다. 걸음걸이가 부자연스러워지거나 실수로 뜨거운 커피를 신발에 쏟거나, 하여간 둘 중 한 가지는 꼭 일어난다. 리키가 나한테 말을 거는 일도 별로 없지만, 어쩌다 한 마디라도 하면 난 입으로만 웅얼웅얼할 뿐 제대로 말도 못한다. 그런 내 모습이 정말 한심하고 우스꽝스럽다. 난 프렌드북에서만 리키의 모습을 마음껏 볼 수 있다. 리키가 수영 동아리에서 연습하는 모습. 긴 검은 머리를 집어넣고 모자 쓴 모습. 의기양양한 미소를 지으며 우승 메달을 쥐고 있는 모습. 내가 제일 좋아해서 프린트해 내 방 마그네틱 보드에 붙여둔, 남동생 호세와 펠리페를 양팔로 꽉 끌어안고 환하게 웃는 모습.

리키가 어떻게 이 따뜻한 9월의 하루를 보내는지, 프렌드북에 리키가 올린 사진들을 보면 알게 된다. 지금은 해변에 있는 리키의 사진이 올라와 있다. 리키는 기분 좋은 표정으로 카메라에 윙크를 날리고 있다. 그리고 리키의 뒤에서는 우리 반 아이들이 웃긴 표정을 지으려고 찡그리고 있다.

알렉스는 이 완벽한 날씨에 모닥불, 소시지, 음료수가 준비된 카일 해변에서 생일 파티를 열어 사람들을 전부 초대했다. 말 그대로 전부 다. 나만 빼고. 알렉스와 나는 지난여름 내내 거의 매일같이 만났고, 서로에 대해 많이 알게 되었다. 하지만 6주 전부터 우리 사이는 점점 멀어졌다. 물론 초대를 안 받았어도 카일 해변에 갈 수는 있었다. 그냥 우연히 들른 것처럼. 비참한 기분이긴 할 테지만.

이런 생각을 하며 프렌드북을 보고 있는데 갑자기 핸드폰 배터리가 나가기 시작했다. 그러다 2분쯤 지나자 완전히 방전됐다. 하필 충전기를 집에 두고 왔다. 맥이 빠진 나는 3층에 있는 시립도서관으로 올라가 와이파이 프리 인터넷 존에서 프렌드북에 다시 로그인 했다. 덕분에 바로 파올로, 다니엘 등 우리 반 애들이 신나게 노는 파티 사진을 볼 수 있었다. 알렉스는 늘 그렇듯 허세를 부리고 있었다. 수영 팬티만 입은 채 은색 글씨로 '야옹이'라고 적힌 검은색 베스파 스쿠터에 올라타고 있었다. 이마 위로는 짙은 금빛 머리가 흘러내리고, 큼지막한 선글라스가 알렉스의 푸른 눈을 가리고 있었다.

그런데 알렉스와 리키가 얼굴을 서로 맞대고 찍은 셀카를 보자 기분이 언짢았다. 우리 반 애들은 전부 리키가 알렉스를 좋아한다는 걸 알고 있다. 하지만 리키만 알렉스를 좋아하는 건 아니다. 멋진 외모의 알렉산더 슈바르츠[알렉스의 전체 이름]는 모든 여자애들이 좋아한다.

갑자기, 혹시 리키와 알렉스가 이미 사귀고 있는데 비밀로 하고 있는 건 아닌지 궁금해졌다. 일단 프렌드북 프로필상 리키의 연애 상태는 그대로였다. 하지만 얼마 전 알렉스가 나랑 프렌드북 친구를 끊어버렸기 때문에 알렉스의 연애 상태는 알 수 없었다.

궁금한 걸 참고 있으려니 좀이 쑤셨다. 나는 알렉스의 프렌드북에 몰래 로그인 해보기로 마음먹었다. 알렉스의 이메일 주소는 알고 있으니, 비밀번호만 알아내면 된다. 나는 둘이서 자주 농담처럼 주고받던 '체스'와 관련된 단어들을 입력해봤다. 체크도 아니고, 체크메이트도 아니었다. 나는 조심스럽게 주변을 둘러봤다. 알렉스는 비밀번호를 분명 복잡하게 설정해두지 않았을 것이다. 숫자도 없고 특수문자도 없을 것이다. 그렇다면 아주 단순한 단어일 텐데. 하지만 해보니 리키도 아니고 인터폴[미국의 유명 록 밴드]도 아니었다. 그때 갑자기 머릿속에 야옹이라는 단어가 떠올라 그냥 한번 입력해봤는데, 이거였다. 놀랍게도 로그인이 됐다.

흥분한 나머지 심장이 마구 요동쳤다. 갑자기 장난기가 발동하면서 손가락이 근질근질했다. 슈바르츠[Schwarz, 검정]라는 성을 슈반츠[Schwanz, 꼬랑지]로 바꿀까도 생각했다. 순간 하마터면 낄낄거리며 웃을 뻔했다. 알파벳 한 개만 바꾸면 되니 얼른 보면 뭐가 바뀌었는지 모를 것이다. 그리고 내가 아는 알렉스라면 나중에 내가 장난친 걸 알더라도 재미있다며 웃어넘길 것이다. 멍청한 마초의 허세를 싫어하는 리키와는 달리.

알렉스의 성을 몰래 바꾸려고 프로필 설정 메뉴를 찾는 동안, 알렉스가 아직 읽지 않은 빨간 하트 모양이 붙어 있는 메시지를 우연히 발견하고 심장이 덜컥 내려앉았다.

**알렉스, 내 마음을 보여준다는 의미로 이 사진을 보낼게! 이걸 보고 내가 널 얼마나 좋아하는지 알아줬으면 해! - 안나**

나는 입을 떡 벌린 채 그 사진을 봤다. 우리 학교 학생들은 공공연히 스마트챗이나 프렌드북을 통해 야한 사진이나 영상을 공유하기 때문에 이런 사진이 그리 특별하진 않다. 나도 사실 몇 장 가지고 있다. 문제는 다른 사람도 아니고 바로 안나가, 그것도 자기 사진을 찍어 보냈다는 사실이다.

이게 진짜 안나가 맞는다면 우리의 창백한 모범생은 평소에 얼마나 통제되고 있었던 것인가. 안나는 맨살을 보여주면 큰일이라도 나는 듯 목까지 올라오는 옷들만 입고 다니기 때문이다. 심지어 한여름에도 말이다. 안나는 체육 시간에도 굳이 화장실에 가서 옷을 갈아입고 온다. 게다가 그 흔한 핸드폰도 없다. 마치 독실한 가톨릭 집안 아이 같다. 그래서인지 누군가가 안나한테 '수녀'라는 별명을 붙여줬다.

그 사진을 본 순간 이름 갖고 장난칠 생각은 사라져버렸고, 알렉스의 연애 상태도 더 이상 궁금하지 않았다. 더 기발한 아이디어가 떠올랐기 때문이다. 방금 발견한 안나의 사진을 알렉스의 이름으로 프렌드북에 게시해서 알렉스의 모든 프렌드북 친구들이 볼 수 있게 하는 것이다.

나는 바로 알렉스의 평소 말투인 허세꾼 말투로 글을 써서 사진과 같이 올렸다.

**헤이 친구들, 이거 진지하게 한번 볼래? 우리의 멋쟁이 수녀님이 비키니를 입은 것 같아. 하하하 😱**

이제 기다리기만 하면 된다.

도서관에서 나온 나는 엄마랑 둘이 사는 우중충한 임대아파트 단지 옆 공원으로 터벅터벅 걸어가 그네에 걸터앉았다. 안나의 사진은 지금쯤 널리 퍼지고 있겠지. 알렉스 생일 파티에 모인 아이들이 그걸 보고 얼마나 웃어댈지 상상이 간다. 아마 그중 리키만 웃지 않고 소지품을 챙겨서 화가 난 채 그 장소를 나올 것이고, 알렉스와는 더 이상 어울리지 않으려 할 것이다.

## 2
# 달걀 먹기 시합

어느 초여름 밤, 알렉스와 나는 영업이 끝난 후고식당에 들어가서 몰래 버거 몇 개를 먹기로 했다. 그런데 그날따라 냉장고와 저장고가 죄다 자물쇠로 잠겨 있었다.

"이게 뭐야?"

알렉스가 묵직한 자물쇠를 툭툭 치면서 툴툴거렸다.

"지난번엔 이런 게 없었는데. 뭣 때문에 잠가놓은 거지?"

알렉스가 씩 웃더니 내 쪽으로 몸을 돌리며 말을 이었다.

"아, 도둑이 무서웠단 말이지?"

이미 겁을 집어먹은 나와 달리 알렉스는 그런 스릴 넘치는 행위를 즐겼다. 몇 주 전부터 알렉스는 나를 인적이 드문 곳으로 데려가곤 했다. 오래전에 문을 닫은 극장 안에 들어가거나, 창문을 딛고 기어 올라가 옥상에서 몇 시간 동안 수다를 떨었다. 또는 공휴일에 당구를 치거나 시끄러운 클럽에 가기도 했다.

엄밀히 말하면 '침입'까지는 아니었다. 왜냐하면 알렉스가 갖고 있는 열쇠로 문을 따고 들어갔기 때문이다. 정확히는 '보관용 키'로 말이다. 알렉스와 별로 닮지 않은 알렉스의 아빠가 청소업체를 운영하는데, 알렉스 아빠 회사의 직원들이 가게의 여분 키를 갖고 다니며 가게 구석구석을 청소해주곤 한다.

우리는 뭔가 먹을 만한 걸 찾다가 달걀이 가득 든 커다란 대야을 발견했다. 적어도 몇 백 개는 돼 보였다.

"무슨 달걀이 이렇게 많아?"

알렉스가 달걀 하나를 집더니 조심스럽게 톡톡 쳐서 달걀이 깨지는지 시험해봤다.

"삶은 거네. 그럼 우리 이걸로 던지기 싸움이나 하자. 어때?"

"글쎄… 주인이 갑자기 나타나면 어떡하려고?"

알렉스가 미소를 띠며 내 어깨를 툭툭 쳤다.

"걱정 마, 조쉬. 지금쯤 집에 가서 쉬고 있을 거야."

나는 불안해서 주변을 둘러봤다. 청소업체에서 와서 청소할 수 있도록 의자들이 모두 테이블 위로 올라가 있었다. 가게 안은 온통 기름 냄새에 절어 있었고, 벽 쪽에는 번쩍이는 슬롯머신이 있었다. 밖에서 들여다볼 수 없도록 막아주는 철제 블라인드가 있었지만 나는 안심할 수 없었다.

"뭘 그렇게 놀란 토끼 눈을 하고 있어? 아무도 안 와!"

이 상황이 즐겁다는 듯 알렉스가 손에 달걀 하나를 쥐고 돌려댔다.

"그럼 먹기 시합이나 할까?"

알렉스가 내 대답은 듣지도 않고 나한테 달걀을 홱 던졌다. 하마터면 못 잡을 뻔했다.

알렉스가 대야에서 달걀 두 개를 더 꺼내 손에 쥐고는 춤추듯 식당 안을 돌아다녔다.

"자, 규칙이야." 알렉스가 복싱 심판 말투를 흉내 내며 말했다. "상대가 포기할 때까지 동시에 달걀을 먹는 거지."

"그래, 알았어. 그럼 뭘 걸래?"

"네가 이기면 내 스쿠터 한 번 타게 해줄게."

그 말에 나는 귀가 쫑긋했다.

"오케이. 내가 지면?"

알렉스가 190센티미터나 되는 몸을 일으켜 팔짱을 꼈다.

"네가 지면 내 스쿠터를 반짝반짝하게 닦아놔. 혀로 닦는 것도 좋겠는데? 내가 이기면 그때 가서 생각해보지."

우리는 달걀 두 개를 꺼내 하나씩 쥐고 톡톡 쳐서 깬 후에 많이 먹기 시합을 시작했다.

처음 다섯 개까지는 꽤 쉬웠고, 퍽퍽한 노른자도 그럭저럭 씹어 삼킬 만했다. 그런데 여섯 개째에서 심하게 딸꾹질이 나기 시작했고, 알렉스도 그쯤부터 딸꾹질을 시작했다. 알렉스가 연신 딸꾹질을 하면서 물컵에 수돗물을 받아 왔고, 우리는 허겁지겁 물을 마셨다. 그 때문에 달걀이 물에 불어 위가 빵빵해졌다.

9 대 9가 되었을 때, 알렉스가 갑자기 한꺼번에 달걀 두 개를

입에 욱여넣었다.

"나, 이거 사진 찍어줘." 알렉스가 노른자 가루를 입에서 뿜어대며 말했다. "나중에 프렌드북에 올려야지."

"그건 별로 좋은 생각이 아닌 것 같은데."

나는 그때쯤 이미 속이 메슥거리고 있었다. 열한 번째 달걀 껍데기를 깔 때는 마치 거대한 공이라도 삼킨 것같이 뱃속이 묵직한 느낌이 들었다.

알렉스가 입 안 가득 달걀을 우물우물 씹어 삼키며 물었다.

"왜?"

"너희 아빠가 그걸 보면 네가 여기 침입한 걸 아실 거 아냐."

"걱정 마. 우리 아빠는 아저씨라서 프렌드북 같은 거 안 보셔." 알렉스가 미간을 찌푸리며 말했다. "거의 너만큼이나 안 보시지. 그나저나 넌 왜 프렌드북 안 하는 거야?"

마치 나의 모든 걸 알아야겠다는 듯 알렉스가 질문을 해대기 시작했다.

알렉스는 종종 심문하듯 나에 대해 묻는데, 주로 이런 식이다.

알렉스: 제일 좋아하는 영화는?

조 쉬: 〈도니 다코〉.

알렉스: 왜?

조 쉬: 내용이 엄청 슬프거든.

알렉스: 나도 봐야겠네. 그럼 제일 좋아하는 음반은?

조　쉬: 인터폴의 〈앤틱스〉. 2004년 거야.

알렉스: 언제 한번 들어본 적 있는 것 같아. 어떻게 듣게 됐는데?

조　쉬: 아빠가 이사 나가면서 놓고 간 것 같아.

알렉스: 아빠랑은 사이가 좋아?

조　쉬: 그저 그래.

알렉스: 마지막으로 본 게 언젠데?

조　쉬: 몇 주 됐을걸….

알렉스: 왜 더 자주 안 보는 거야?

조　쉬: 많이 바쁘시대.

알렉스: 무슨 일 하시는데?

조　쉬: 회계 담당자야.

나는 알렉스의 꼬리에 꼬리를 물고 이어지는 질문들에 언제나 진지하게 대답해줬다. 후고식당에서의 그날 밤도 그랬다. 왜냐하면 알렉스가 그렇게 물어보는 건 다른 사람의 눈, 즉 나의 눈으로 세상을 이해해보려는 알렉스 나름의 시도이기 때문이다.

"프렌드북은 별로야." 나는 트림을 하며 말했다. "망할 음식 사진들하고 셀카들은 관심도 없고 보기도 싫어."

알렉스가 재밌다는 표정을 지으며 나를 놀렸다.

"조쉬, 넌 내가 아는 사람들 중에 제일 똑똑한 녀석이야. 그런 녀석이 프렌드북을 그렇게 모를 수가 있냐. 무슨 일이 일어나는지 실시간으로 알 수 있는 제일 좋은 방법인데!"

나는 물로 이 사이에 낀 노른자들을 헹궈낸 뒤 알렉스를 미심쩍게 쳐다봤다.

"아, 그래? 뭘 알 수 있는데?"

"당연하지, 이 바보야!" 알렉스가 다음 달걀을 내 이마에 쳐서 깨뜨리며 말했다. "너, 좋아하는 여자 한 명도 없어?"

리키. 나는 리키를 떠올렸지만, 아무 말도 하지 않았다.

"그래, 있을 줄 알았어." 알렉스가 신이 난 듯 소리쳤다. "그래서? 네 이상형도 프렌드북 해?"

나는 움찔해서 손에 든 컵을 만지작거렸다.

"그런 것 같아."

"헤이, 조쉬. 모르겠어? 프렌드북이야말로 네 이상형의 모든 걸 들여다볼 수 있는 열쇠야. 거기 올라오는 사진들을 보면 그 애가 지금 어디 있는지, 얼마나 꾸미고 나왔는지, 기분이 어떤지, 누구랑 가장 친한지 알 수 있다고. 뭐, 거의 모든 걸 알 수 있다고 보면 돼. 가치를 매길 수 없을 만큼 소중한 정보들이지."

그러다 알렉스가 갑자기 말을 멈추고 손을 들더니 소곤거렸다.

"잠깐."

나는 화들짝 놀랐다.

"왜? 뭐야? 누가 왔어?"

알렉스가 낄낄댔다.

"체크."

내 맥박은 터질 듯 뛰었다.

"체크라고?!"

"체크는 요새 내가 쓰는 신호야. 기억해. 이제부터 내가 경고할 땐 체크라고 말할 거야."

"경고? 뭘 경고하는데?"

바로 그때 고약한 냄새가 코를 찔렀다.

"으악. 알렉스, 이게 무슨 냄새야?"

"뭐긴 뭐야. 달걀 썩는 냄새지."

우리는 눈물을 찔끔거리며 웃어댔다. 한참 뒤 겨우 진정이 되자 우리는 기진맥진해져서 바닥에 드러누웠다.

갑자기 알렉스가 조용해졌다.

"너, 괜찮아?"

"응. 이렇게 살아 있는 느낌, 참 오랜만이야. 너도 알지? 크리스마스 전에 그 희한한 두통 때문에 의식을 잃고 대학병원에 실려 갔을 때 난 내가 죽는 줄로만 알았어."

알렉스가 한숨을 쉬며 말을 이었다.

"그런 상황에선 진정한 친구가 누군지 생각하게 돼. 그런데 그 때 병문안 온 사람이 한 명도 없었어. 단 한 명도. 어떻게 그럴 수 있었는지 아직까지도 이해가 안 돼."

알렉스는 우리 반에서 제일 인기가 많은 학생이었다. 날렵한 몸매에 성격도 시원시원하고 평판도 좋았다. 게다가 축구도 잘하고 수영도 잘해서 담임 선생님조차 알렉스가 멋지다고 말할 정도였다. 물론 알렉스가 종종 지나친 농담과 빈정거림으로 수업을 망칠 때도 있었지만.

그러던 어느 날, 알렉스가 학교에 나오지 않았다. 담임 선생님이 알렉스가 뇌막염에 걸렸다는 소식을 전해주셨다. 그리고 뇌막염이 얼마나 위험한지, 심한 경우에는 신체가 마비되거나 신체 일부를 절단해야 하는 경우도 있고, 심지어 사망할 수도 있다고 설명했다. 우리는 모두 큰 충격을 받았다.

넉 달이 지나 다시 학교에 나온 알렉스는 조심스럽게 행동했다. 알렉스는 몇 주 동안이나 혼수상태에 있었고, 그래서 많은 것을 처음부터 다시 배워야 한다고 했다. 알렉스는 자기가 화제의 중심이 되는 것을 더 이상 달가워하지 않았고, 아주 소심해졌다.

어느 날, 교내 매점에서 알렉스가 갑자기 내 옆에 앉아 처음으로 나한테 말을 걸었을 때, 나는 솔직히 놀랐다. 하지만 얘기를 나누다 보니 첫 대화인데도 서로 통하는 부분이 많았다. 그때부터 우리는 거의 매일같이 만났다. 그중에서도 많은 저녁 시간을 후고식당에서 보냈다….

알렉스가 달걀 대야를 발로 이리저리 밀며 말했다.

"어쩌면 병이 옮을까 봐 겁이 나 그랬는지도  모르지. 그래, 아마 그래서 아무도 안 왔을 거야."

"난 그렇게 생각하지 않아. 우린 모두 병원에 갈 일이 생기고, 약을 먹잖아."

"그게 어쨌다는 거야?"

"우리가 죽는 존재라는 걸 네가 깨우쳐준 거야."

"무슨 뜻이야?"

"음… 우리 중 아무도 그전까지는 죽음에 대해 제대로 생각해 본 적이 없었어. 죽음이란 건 늙고 병든 사람들의 일이라고만 생각했지. 말하자면 네가 아이들한테 죽음에 대한 부담을 준 거지."

알렉스가 고개를 끄덕였다.

"맞는 말인 것 같아. 그럼 넌? 넌 왜 병문안을 안 온 거야?"

"알면서 그래. 난 그때 알렉스 널 싫어했어."

예전의 알렉스는 정말이지 내가 좋아하는 부류의 사람이 아니었다. 고함치는 듯한 알렉스의 목소리는 늘 귀에 거슬렸고, 녀석의 무모한 태도는 정말이지 신경질이 나게 했다.

알렉스가 생각에 잠긴 채 손톱을 물어뜯었다.

"나도 미래의 내 모습을 좋아하게 될지 모르겠어."

우린 둘 다 잠시 동안 말이 없었다.

"16 대 16 동점! 조쉬, 얼른 한 개만 더 먹어. 그럼 네가 이기는 거야!"

"아니, 됐어. 더 먹으면 배가 터져버릴 것 같아. 넌 안 그래?"

알렉스가 정색하고 나를 쳐다봤다.

"체크메이트!"

우리는 잔뜩 부푼 배를 움켜쥐고 웃음을 터트렸다. 하지만 깜박이는 작은 CCTV를 전혀 눈치채지 못했다.

# 3

# 조쉬, 이 멍텅구리야!

월요일 아침, 교실에 들어가니 링고가 나를 향해 돌진했다.

링고는 여느 때와 다름없이 이두박근을 강조하는 꽉 끼는 민소매 셔츠를 입고 있었다. 이 빨간 아프로 머리를 한 깡패 같은 녀석이 뭔가를 찾아내려는 눈빛으로 다가올 때는 느낌이 영 좋지 않다. 링고는 지난주에 어떤 남학생의 코를 부러뜨렸다. 아무 이유도 없이.

나는 녀석을 상대할 만반의 준비를 했다. 그런데 링고는 같은 소리를 계속 질러댔다.

"뿌뿌뿌뿌!"

그 보기 싫은 잇몸이 다 드러나게 웃으며 링고가 내 눈앞에 핸드폰을 들이댔다. 교내에서는 핸드폰 사용이 금지돼 있는데도 전혀 거리낌이 없었다.

"헤이!" 링고가 믿을 수 없다는 듯 소리쳤다. "이게 수녀라고!"

당연히 나는 그 사진을 알아봤다. 지난 주말 우리 반 채팅방에 돌아다녔던 그 사진이다.

"수녀가 옷을 벗었네." 링고가 다시 큰 소리로 외쳤다. "알렉스는 사진이 올렸네."

우람한 근육질의 링고는 문법도 엉망이다. 어쩌면 링고는 자기가 갱스터 랩을 하고 있다고 생각하거나, 아니면 그냥 머리에 아무 생각이 없는 것일 수도 있다.

링고가 눈을 사악하게 뜨며 말했다.

"헤이 조쉬, 이 멍텅구리야! 왜 아무 말이 없어?"

링고는 가끔 우리가 전혀 친하지 않다는 사실을 깜박한 것처럼 군다. 혹시 안나를 비웃는 패거리에 나를 끌어들이려는 속셈인가?! 이런 인간은 정말이지 무슨 일을 저지를지 모른다. 그러니 링고 앞에서는 두려워하는 모습을 보이면 안 된다. 링고는 그런 낌새를 금세 알아차리기 때문이다.

"아주 멋지네." 나는 태연스럽게 거짓말을 했다.

링고가 만족스러운 표정으로 돌아서더니, 어린애처럼 펄쩍 뛰면서 핸드폰을 다른 아이들한테 보여주며 소리쳤다.

"뿌뿌!!!"

안나 사진은 그날 화제의 중심이 됐다. 다들 흥분해서 평소 어울려 놀지 않던 애들끼리도 한데 모여 떠들어댔다. 범생이와 문제아, 깡패 같은 녀석과 부잣집 도련님이 어울려 얘기를 나눴다.

내 자리로 돌아오면서 알렉스를 힐끗 쳐다보니, 반 아이들 몇 명이 알렉스를 둘러싸고 있었다. 나와 눈이 마주쳤지만, 알렉스는 금세 추종자들한테 눈을 돌렸다. 알렉스를 따르는 추종자들은 이렇다. 먼저 위로 뻗은 헤어스타일에 몸집은 가냘픈 사슴 같은 '알렉스의 그림자' 파올로, 자기 의견이 없는 예스맨 다니엘(뚱뚱한 몸집 때문에 모두들 그 애를 더블D라고 부른다), 그리고 알렉스의 일이라면 뭐든 하는 우리의 용감한 학급 대변인 엘자. 엘자가 알렉스를 얼마나 찬양하는지 옆에서 듣고 있으면 얼굴이 화끈거릴 정도다. 그리고 링고는 이제 핸드폰을 손에 쥔 채 알렉스 주위를 폴짝폴짝 뛰며, 주목을 끄는 데 성공한 알렉스를 축하해주고 있었다.

알렉스의 태도에 나는 좀 놀랐다. 왜 아무 말도 안 할까? 왜 그 사진과 자기가 관련 없다고, 그 사진에 단 글은 자기가 쓴 게 아니라고 분명히 말하지 않는 거지?

가만 보니 알렉스는 그냥 다른 아이들이 자기를 축하해주게 내버려두고 이 소동을 즐기는 것 같았다.

그때, 리키가 교실에 들어왔다. 나는 리키가 화장을 하지 않아서 좋다. 리키는 숱 많은 눈썹도 정리하지 않고 새까만 머리카락을 고무줄로 질끈 묶고 다닌다. 교실에 들어선 리키의 표정을 나는 정면으로 봤고, 리키가 단단히 화가 났다는 걸 알아차렸다.

리키가 웃고 있는 알렉스한테 곧장 걸어가더니 따귀를 날렸다.

순간 정적이 흘렀다. 다들 긴장한 채 눈치를 살폈다.

"너, 미쳤어?" 리키가 알렉스한테 소리쳤다. "어떻게 안나를 그딴 식으로 모욕할 수가 있어?"

알렉스가 붉어진 뺨을 어루만지며 당황한 듯 실실 웃었다.

"웃어? 넌 못된 놈이야!"

리키가 씩씩거리며 돌아섰다.

"왜? 뭐, 나쁜 일이 벌어진 것도 아닌데."

알렉스가 리키의 등 뒤에 그렇게 외치고는 다시 어깨를 다독여주는 추종자들한테 몸을 돌렸다.

나는 리키한테서 눈을 뗄 수가 없었다. 리키는 성큼성큼 걸어서 샤이엔이 있는 자리까지 걸어갔고, 샤이엔과 얘기하기 시작했다. 그사이에 교실이 다시 시끄러워져서 리키가 샤이엔과 무슨 말을 하는지 들을 수 없었지만 뭔가 다투는 분위기였다.

샤이엔은 열일곱 살인데, 낙제를 해서 작년부터 우리와 함께 수업을 듣고 있다. 나는 샤이엔을 별로 좋아하지 않는다. 샤이엔이 하는 말은 하나같이 진실성이 없고, 알렉스가 나한테 해준 얘기로만 봐도 별로 좋지 않은 사람인 것 같다. 그리고 리키와 달리 샤이엔은 꾸미는 걸 좋아한다. 살집이 좀 있는데도 꽉 끼는 옷을 주로 입고 다녀서 프레스 소시지를 연상케 한다. 하지만 아무도 샤이엔을 깔보지는 못한다. 금발에 곱슬머리인 샤이엔은 일명 '핑크 레이디스'라는 여자 일진 그룹의 대장이기 때문이다.

갑자기 교실에 다시 정적이 찾아왔다. 다들 교실 앞 문쪽을 쳐다보고 있었다. 알렉스도 고개를 들었다.

안나가 문 앞에 서 있었다.

자전거를 타고 오느라 헝클어진 흑갈색 머리카락 때문에 평소보다 안나의 얼굴이 더 창백해 보였다. 목까지 단추를 잠근 갈색 블라우스와 복고풍 베이지색 면바지를 입은 안나는 크로스백의 끈을 손가락으로 꽉 쥐고 있었다.

아무도 움직이지 않았다. 링고만 빼고.

링고가 문 쪽으로 가서 안나한테 자기 핸드폰을 건네줬다.

"뿌뿌!"

그러고는 의기양양한 표정으로 트럼펫을 부는 동작을 취했다.

안나의 밤색 눈동자가 링고의 핸드폰 화면에 떠 있는 사진으로 향했다. 나는 내가 쓴 글의 알파벳 하나하나를 안나가 어떻게 받아들일지 생생히 알 수 있을 것 같았다.

**헤이 친구들, 이거 진지하게 한번 볼래? 우리의 멋쟁이 수녀님이 비키니를 입은 것 같아. 하하하 😱**

수업 시작종이 울렸지만 아무도 움직이지 않았다. 안나의 얼굴은 창백하다 못해 파랗게 질려 있었다. 안나가 크로스백 끈을 쥐고 있던 손을 천천히 내렸고, 크로스백이 안나의 어깨 밑으로 흘러내려 쿵 소리를 내며 떨어졌다. 링고의 핸드폰도 안나의 손에서 미끄러져 바닥으로 떨어졌다. 바닥에 떨어지는 순간 핸드폰의 본체와 배터리가 분리됐다.

안나가 몸을 홱 돌려 교실 밖으로 뛰쳐나갔다.

“안나!” 리키가 안나를 쫓아갔다. “기다려!”

링고가 핸드폰을 주워서 배터리를 끼워 넣었다.

“에잇! 수녀님이 내 폰을 박살 냈네.”

# 4

# 이보다 최악일 순 없다

나는 학교가 끝나자마자 안나한테 가려고 지상 전철을 탔다. 안나의 집 주소는 안나가 떨어뜨리고 간 크로스백에 든 지갑에서 찾았다.

안나를 만나면 뭐라고 말해야 하나? 나는 이미 많이 자책하고 있었다. 그저 알렉스를 좀 놀려주려고 했던 것뿐인데. 알렉스랑 리키에 대한 질투에 눈이 멀어 안나의 입장을 미처 생각하지 못했다. 알렉스와 리키가 정말 연인 사이였다면 어찌 됐든 이번 일로 헤어지겠지. 하지만 둘이 헤어질 거라고 생각해도 전혀 기쁘지 않았다. 양심의 가책이 마치 서서히 퍼지는 독처럼 커져가고 있었다. 나는 아픈 줄도 모른 채 입술을 꽉 깨물었다.

"너, 표정이 왜 그래?"

난데없는 여자 목소리에 생각이 끊겼다.

고개를 들어 쳐다보니, 리키였다.

언제 탄 거지? 언제부터 나를 지켜보고 있었던 거야?

나는 긴장해서 할 말을 찾다가 겨우 내뱉었다.

"아, 좀 안 좋은 일을 생각하던 중이었어. 안나 일…."

리키가 끼고 있던 헤드폰을 빼고 진지하게 고개를 끄덕였다.

"알렉스는 가끔 보면 진짜 못된 놈 같아! 그 피드를 읽고 얼마나 놀랐는지."

리키가 다가와서 내 옆자리에 앉았다.

"그 피드가 얼마나 많이 공유됐는지 봤니?! 그 역겨운 글 말이야!"

나는 침을 꿀꺽 삼켰다.

"머리에 똥만 든 게 분명해."

리키는 흥분을 누르지 못하고 계속 말을 이어갔다.

"걔는 자기가 안나한테 무슨 짓을 했는지조차 모르고 있어. 난 사실 알렉스가 지난번에 병에 걸렸을 때 사람이 좀 바뀔 줄 알았어. 그런데 여전히 허세나 부리는 멍청한 놈이야. 해변에서 연 그 멍청한 생일 파티처럼 말이야. 다행히 난 일찍 나왔지만."

리키는 화가 더 날수록 눈썹을 힘주어 치켜떴고, 미간에 수직으로 주름이 생겼다. 리키가 허공에 두 손을 거칠게 휘두르는 모습이 멋있어 보였다.

갑자기 리키가 가방을 뒤적이더니 하얀 손수건을 꺼내 나한테 내밀었다.

"너, 입술에 피 나."

나는 돌처럼 굳어서 꼼짝도 할 수 없었다. 리키는 정말 멋진 여자다.

내가 가만히 있자 리키가 주저 없이 내 입술의 피를 닦아냈다. 내 핏방울이 묻은 하얀 손수건이 우리 둘 사이에 떨어졌고, 나는 그걸 챙겼다.

"근데 어디 가는 건데?" 리키가 물었다. "요 근처에 사니?"

"아니."

나는 내 옆에 있는 가방을 가리켰다.

"안나한테 가보려고. 걱정돼서."

"그렇구나. 책임을 나눠 가지려는 용기 있는 사람이 그래도 한 명은 있었네."

전철이 섰다. 트럼펫과 뮤직박스를 든 뚱뚱한 남자가 올라탔다. 전철이 다시 출발하자 남자가 트럼펫을 크게 불며 연주를 시작했다. 그 덕분에 리키가 내 쪽으로 더 붙었다.

"나도 안나한테 가려고." 리키의 검은 머리카락이 내 쪽으로 흘러내렸고, 샴푸 냄새가 났다. "그럼 같이 가면 되겠네."

나는 갑작스러운 리키의 제안에 말문이 막혔다.

전철이 멈추지도 않았는데 갑자기 리키가 벌떡 일어났다.

"가자." 리키가 소리쳤다. "이번에 내려야 돼."

하지만 우르르 밀려 들어오는 사람들 때문에 뚱뚱한 트럼펫 연주자와 뮤직박스 장비 사이를 빠져나가기가 쉽지 않았다. 전철 문이 닫히는 걸 우리는 멀거니 바라볼 수밖에 없었다. 하는 수 없이 다음 역에서 내려야 했다.

리키가 한 정거장 거리를 걸어서 돌아가자고 했다.

"그렇게 멀진 않아."

돌아가는 길은 차들이 많이 다니고 시끄러운 대로를 따라가야 한다. 아스팔트 도로 위에서 화물차들이 빵빵거리고 소형 오토바이들이 굉음을 내면서 달렸다. 이런 상황에서 내 옆에 아주 가까이, 불과 몇 센티미터 거리에 리키가 있다는 게 좋으면서도 신기했다. 리키의 흰색 운동화가 활기차게 움직이고, 팔은 앞뒤로 가볍게 흔들렸다. 그리고 리키는 인지하지 못했지만 가끔씩 나랑 몸이 가볍게 닿았다.

"안나랑 친해?"

나는 리키가 나를 괴짜로 알까 봐 일단 말을 걸었다.

리키가 고개를 끄덕였다.

"아주 친한 건 아니지만 그래도 꽤 잘 알아."

"아까 아침에 안나를 따라 나갔을 때 만났어?"

리키가 입술을 질끈 깨물었다.

"아니, 아쉽게도."

리키가 가방을 고쳐 메고 손가락 두 개로 꽉 잡아 쥐었다.

"마음 같아선 집까지 계속 따라가서 위로해주고 싶었어. 하지만 오늘 물리 숙제를 내야 해서 그러지 못했어. 물리 과목이 낙제 위기거든. 난 진짜 물리랑 안 맞아."

"나도 그래."

사실은 아니지만 나는 재빨리 맞장구쳐줬다.

리키가 새로 지은 듯한 회색 건물을 가리켰다.

“여기가 안나가 사는 데야.”

현관문으로 다가가는 동안 리키가 부연 설명을 해줬다.

“안나랑 난 일주일에 두 번씩 만나서 같이 물리 공부를 했어. 안나가 없었더라면 난 벌써 낙제했을 거야. 근데 이번엔 안나가 숙제를 내지 않았어….”

리키가 슬픈 표정으로 나한테 웃음을 지어 보였다.

“조쉬 너라도 안나한테 가방을 갖다 줄 생각을 했다니 정말 다행이다. 난 까맣게 잊어버렸거든. 나, 참 못된 친구지?”

리키가 안나의 집 초인종을 누를 때, 나는 리키의 왼쪽 손목에서 분홍색으로 빛나는 우정 팔찌를 발견했다.

4층으로 가니 안나의 엄마가 레깅스와 스웨터를 입고 문가에서 우리를 기다리고 있었다.

“안나 있어요?” 리키가 물었다.

“방금 들어왔단다.”

안나의 엄마가 대답하며 들어오라고 손짓했다.

“신발은 벗고 들어오렴.”

방금 들어왔다고? 리키와 나는 놀라서 서로를 쳐다봤다. 그렇다면 하루 종일 어디서 뭘 하다 온 거지?

나는 현관에 있는 옷걸이에 조심스럽게 안나의 가방을 내려놓았다.

안나의 집은 그냥 평범했다. 내가 어떤 모습을 예상했던 건지 모르겠다. 아마 수녀님들이 주로 가지고 있는 십자가와 성자들의 그림이 걸려 있고 여기저기에 초가 켜져 있거나 향이 피어오르고 있을 것으로 예상했는지도 모른다. 하지만 다 틀렸다. 커다란 액자에 든 〈타이타닉〉 영화 포스터가 복도에 걸려 있었고, 유리병과 꽃병에는 드라이플라워 몇 송이가 꽂혀 있었다.

안나 엄마가 우리를 거실로 안내했다. 거실 한편에 빨랫감이 가득 든 플라스틱 빨래 바구니와 스탠드가 있었다.

"너희들 싸웠니?"

"왜요?" 리키가 물었다.

안나 엄마가 빨래 바구니에 손을 넣어 뒤적거리더니 티셔츠 한 장을 잡아 뽑았다.

"학교에서 돌아오자마자 바로 자기 방에 들어가 문을 잠그더라. 절대 문도 안 열어주고 나랑 얘기도 안 해."

"저희가 한번 불러봐도 될까요?"

잠시 후 리키가 조심스럽게 여행 카드들이 덕지덕지 붙어 있는 안나의 방문을 두드렸다.

"안나. 나야, 리키."

리키가 좀 더 세게 노크했다.

"안나, 나 좀 들어가게 해줘!"

하지만 안에서는 아무 반응도 없었다.

"애들아, 무슨 일이 있었는지 나한테 먼저 말해주지 않겠니?"

안나 엄마가 재촉했다. "오늘 무슨 일이 있었던 거니?"

나는 안나 엄마의 눈을 똑바로 쳐다볼 수 없었다. 차라리 그 자리에서 당장 도망치는 게 나을 것 같았다.

리키도 바닥만 내려다봤다. 하지만 나보다는 용기가 있었다.

"인터넷에 퍼진 사진 한 장 때문에 그래요."

안나 엄마가 놀라서 들고 있던 티셔츠를 두 손으로 꼭 쥐며 물었다.

"무슨 사진인데?"

안나의 집을 나와 혼자 집에 가면서, 자초지종을 설명하는 리키의 말을 들으며 경악하던 안나 엄마의 표정을 잊으려고 노력했다. 영화 〈도니 다코〉[제이크 질렌할 주연의 SF 스릴러]에서처럼 시간을 되돌리고 싶었다. 도서관에서 그 사진을 올리던 그 순간으로 돌아갈 수만 있다면… 물론 불가능하겠지만.

힘없이 집 현관문을 열었다. 문을 연 순간 탄 기름 냄새 같은 게 진동했다. 현관에는 흰색 페인트가 묻은 신발과 찌그러진 가방이 놓여 있었다.

아, 또… 몸이 긴장되었다. 하랄드 아저씨다. 이 아저씨가 와 있다는 건 지난주 토요일에 왔던 남자가 엄마 스타일이 아니었다는 뜻이다.

"조쉬니? 와서 밥 먹어."

엄마는 부엌에서 손님한테 내놓을 음식을 만들고 있었다. 손님이 오지 않는 평소에 우린 몸에 안 좋은 즉석식품만 먹는다. 냉동식품, 인스턴트 가루 수프, 통조림 등등. 가끔은 피자를 시켜 먹기도 한다.

내 방으로 들어가려는데 하랄드 아저씨가 맞은편에서 나왔다. 아저씨는 거대한 몸에 내 샤워 가운을 뒤집어쓰고 있었다. 좋다, 뭐 자기 집처럼 편하다면야. 아저씨는 젖은 회색 머리카락을 힘껏 뒤로 빗어 넘겼고, 별 볼 일 없는 턱수염을 기르고 있었다. 아저씨가 호기심 어린 갈색 눈으로 나를 볼 땐 그나마 친근하긴 하지만, 그렇다 해도 정말 우리가 친하다고 생각되진 않는다. 하랄드 아저씨에겐 분명 다른 모습도 있을 것이기 때문이다.

"어이, 쵸쉬."

다른 사람이 이런 식으로 내 이름을 잘못 발음하면 기분이 나쁘다. 그런데 하랄드 아저씨는 언제나 조쉬라고 하지 않고 쵸쉬라고 발음한다. 오늘은 나를 부르며 손바닥이 보이게 손을 들고 있는 걸 보니, 친한 친구끼리나 하는 하이파이브를 해주길 기다리는 것 같다.

"잘 지냈니?"

아빠 다음으로 엄마가 가장 많은 시간을 함께 보낸 사람이 바로 하랄드 아저씨다. 엄마와 아저씨는 2년 전부터 만나고 싶을 때만 만나는 사이를 유지하고 있다. 한동안 만났다가 또 한동안 안 만난다. 언제는 아저씨가 자기 물건들을 우리 집에 두고 갔다가, 언제는 또 죄다 짐을 싸서 어디론가 사라진다. 누가 이런 사람한테 친근함을 느낄 수 있겠는가?

나는 하랄드 아저씨를 좋아하지 않는다. 왜냐하면 내가 엄마와 싸울 때마다 알지도 못하면서 번번이 끼어들기 때문이다. 내 앞에서 마치 아빠라도 된 듯 행동하는데 내가 볼 땐 무례하고 짜증난다. 제발 나한테는 신경 끄고 문자 메시지와 사진을 나한테 계속 보내는 아저씨의 귀찮은 딸, 페기나 통제해줬으면 좋겠다.

내가 하랄드 아저씨와 하이파이브를 할 일은 절대 없을 것이다.

"숙제가 많아요."

나는 그렇게만 말하고 아저씨를 지나쳐 내 방으로 들어갔다.

종종 엄마는 내 방에 노크도 없이 들어와서는 기름이 좔좔 흐르는 구운 소시지, 겨자, 절인 피클, 토스트 두 장이 담긴 김이 모락모락 나는 접시를 주고 간다.

"방에서 먹을래?"

"배 안 고파요."

정말로 배가 안 고팠다.

"배 안 고파도 뭘 먹고 싶을 텐데."

엄마가 틀어져 있는 음악의 볼륨을 줄였다.

"무슨 일 있니?"

엄마는 머리에 브리치 같은 걸 했고, 회색 조깅 팬츠와 구멍 난 티셔츠가 아닌 청바지와 블라우스를 입고 있었다.

"그냥 오늘 힘들어서요."

"아이고 조쉬, 날 봐서라도 먹어. 나도 많이 힘들었단다."

엄마가 들고 온 접시를 더 이상 뭔가를 둘 자리가 없는 내 책상 위에 내려놓았다. 그리고 긴장한 모습으로 스푼과 포크를 놓아 주며 말했다.

"하랄드 아저씨, 하루만 자고 갈 거야. 약속해!"

엄마가 나가자, 나는 음악 소리를 다시 높였다. 그리고 리키가 자기 남동생들을 껴안고 있는 사진을 마그네틱 보드에서 빼서 집어 들고, 침대에 누워 오래도록 쳐다봤다. 이 사진을 보면 그나마 마음이 따뜻해지는 것 같다.

머릿속으로 리키와 함께 안나 집에 같이 가던 길을 되짚어봤다. 그리고 리키와 내가 손을 맞잡는 걸 상상하면서… 리키의 손을 잡았을 때 느낌이 어떨지 느껴보기 위해 양손을 맞잡아봤다. 물론 아무 느낌도 없었다. 전철에서 챙겨 온 피 묻은 손수건도 도움이 안 됐다. 그걸 보니 안나와 안나의 엄마가 먼저 생각났기 때문이다.

그저 이 모든 일이 빨리 잊혔으면 좋겠다. 내일 아침에 일어나면 모든 게 바뀌어 있으면 좋겠다.

마음이 너무 괴롭다.

# 카일 해변에서의 비밀

아직도 알렉스랑 왜 멀어졌는지 모르겠다. 우리 우정은 짧은 시간 안에 다져진 것이긴 하지만 믿을 수 없을 정도로 강력했다. 얘기를 많이 나눈 덕에 서로의 비밀도 아주 많이 알게 되었다. 어쩌면 알렉스는 내가 자기 비밀을 그렇게 많이 알고 있다는 사실이 불편했을 수 있다. 아니면 내가 알렉스의 헬멧을 40유로에 외상으로 사놓고 돈을 갚지 않아 사이가 멀어진 걸 수도 있고.

사실 40유로가 없었던 건 아니다. 돈은 있었다. 상자에서 너덜너덜한 지폐들을 꺼내 갖고 가서 알렉스의 손에 쥐여주기만 하면 되었다.

하지만 늘 만지작거리기만 하다가 도로 상자에 집어넣었다. 왠지 이거라도 없으면 우리 사이가 영영 멀어질 것만 같은 기분 때문이었다.

알렉스는 퇴원하고 나서 한동안 스쿠터를 타지 않았다. 그러다 몸이 좀 괜찮아지자, 나한테 여분의 노란색 헬멧을 주면서 스쿠터를 같이 타고 동네를 누비자고 제안했다.

함께 스쿠터를 타고 가면서 나는 예전에 자전거를 타고 돌아다니다 우연히 발견한 근처 해변을 알렉스한테 보여줬다. 그곳을 다른 애들에겐 비밀로 하겠다는 다짐을 받고서. 왜냐하면 카일 해변은 나만 알고 싶은 장소이고, 아직까지 찾는 사람들이 많지 않기 때문이다.

그곳에서 우린 많은 시간을 함께 보냈다. 같이 수영도 하고 잔디밭에서 쉬면서 사람들이 마구 박수를 보내면 개들이 물속에서 작은 막대기를 물어 오는 모습을 구경하기도 했다.

내가 돌멩이로 탑을 쌓는 걸 보며, 알렉스가 다시 특유의 질문 타임을 시작했다.

알렉스: 네가 말했던 인터폴 노래 들어봤어. 진짜 좋더라! 네가 제일 좋아하는 곡이 뭐야?

조 쉬: 〈악마〉.

알렉스: 뭐가 좋은데?

조 쉬: 목소리.

알렉스: 목소리가 어떤데?

조 쉬: 좀 어둡고 슬퍼. 자기가 아무에게도 이해받지 못한다고 느끼는 것 같은 목소리랄까.

알렉스: 너처럼?

조 쉬: 그럴지도.

알렉스: 누가 널 이해해주는 것 같아?

조 쉬: 아무도… 아마 너?!

알렉스: 어둡고 슬프고 이해받지 못한다… 네 인생 사운드트랙 같네.

조 쉬: 재밌는 표현이야.

"헤이, 농담이었어."

알렉스가 젖은 머리를 쳐들자, 짙은 금발을 타고 물방울이 이마로 뚝뚝 흘러내렸다.

"근데, 저 사람들 어디 가는 거지?"

알렉스가 눈이 휘둥그레져서 물었다.

조금 떨어진 곳에서 몇몇 사람이 가슴 높이까지 오는 물을 헤치고 반대편에 있는 곳으로 가는 게 보였다. 각자 소지품을 비닐봉지에 넣어 머리 위에 든 채로.

나는 잠시 그 사람들을 보다가 다시 돌탑 쌓는 데 열중했다.

"모르겠는데."

"저기 봐! 또 여러 명이 가고 있어. 뭔가 있는 게 분명해."

알렉스가 벌떡 일어나 자기 옷을 챙기기 시작했다.

"뭔지 우리도 가보자!"

"여기서도 충분히 보여."

"일단 가보자구!"

알렉스가 내 돌탑을 발로 툭 찼다.

"무거운 엉덩이 좀 움직여봐."

나는 옆에 있는 노란색 헬멧을 가리키며 말했다.

"이건 어쩌고? 스쿠터 좌석 밑에 안 들어가는데 가져가야 되지 않아?"

알렉스가 손사래를 쳤다.

"뭘 그런 걸 신경 써? 그냥 어디 풀 속에 숨겨놓으면 돼."

"누가 훔쳐 가면?"

"이 겁쟁이야, 아무도 안 훔쳐 가."

그래서 알렉스와 나는 아까 그 사람들처럼 옷과 핸드폰이 젖지 않게 머리 위로 들고 물을 가르며 걸어 들어갔다.

우리가 그 곳에 다다랐을 때, 알렉스가 흥분한 듯 크게 휘파람을 불었다.

나는 눈앞에 펼쳐진 거대한 해변을 보고 눈이 휘둥그레졌다.

"이쪽에 이렇게 큰 해변이 또 있을 거라곤 상상도 못했어."

알렉스가 한심하다는 듯 나를 보며 말했다.

"너, 장님이냐? 네 앞에 있는 거 안 보여? 누드 비치잖아."

알렉스의 설명을 듣고서야 해변에 있는 사람들이 모두 나체인 게 눈에 들어왔다. 모래 위에 수건을 깔고 누워 있는 사람들도 있었고, 느긋하게 해변을 걸어 다니는 사람들도 있었다.

알렉스가 소지품을 내려놓고 수영 팬티를 벗기 시작했다. 나는 그만 집으로 돌아가고 싶다는 생각이 들었다.

"야, 너 뭐 하는 거야?"

내가 놀라서 소리치자, 알렉스가 도전적인 눈빛으로 나를 쳐다봤다.

"그러지 말고 그냥 가자!"

그러자 알렉스가 활짝 미소를 지으며 말했다.

"조슈아 란다우어, 네 문제가 뭔지 알아?"

나는 그저 모래로 범벅이 된 발만 내려다봤다.

"넌 너무 경직돼 있어. 소심한 너를 내려놓을 절호의 기회야."

그 말에 슬쩍 기분이 상했다. 그래서 나는 바로 축축한 수영 팬티를 벗어서 마치 방패라도 삼듯 앞을 가렸다.

그런 나를 보고 알렉스가 웃음을 터트렸다.

"그래, 가서 좋은 자리를 한번 찾아보자."

우리는 물 위로 가지를 길게 늘어뜨린 나무 옆 그늘에 소지품을 내려놓았다.

알렉스가 먼저 바다로 걸어 들어갔다.

"수영이나 하자. 부표 있는 데까지 갔다가 돌아오자구. 수영하고 나면 너도 생각이 달라지겠지."

실제로 물에 들어가니 기분이 훨씬 좋아졌고 생각보다 다른 사람들도 크게 신경 쓰이지 않았다. 알렉스는 멋진 몸놀림으로 자유형을 하며 부표까지 갔고, 나는 알렉스의 뒤를 따라갔다.

다시 뭍으로 돌아온 우리는 숨을 몰아쉬며 드러누웠다.

예민했던 마음이 조금씩 차분해졌다. 둘러보니 사람들은 여느 해변과 별 다를 바 없이 행동하고 있었다. 오기 싫어하던 조금 전

내 모습이 떠올라 내가 바보 같다는 생각이 들었다.

알렉스가 내 눈길을 따라 같이 주위를 둘러봤다.

"사람들이 홀라당 벗고 있는 건 처음 보지?"

"응, 처음이야."

나는 다리 안쪽에 묻은 모래를 털어냈다.

"그 말은 네 이상형의 몸도 아직 보지 못했다는 거군. 그 이상형이 누군지 말 안 해줄 거야?"

"절대."

"혹시 샤이엔?"

"미쳤어? 그 성질머리를."

알렉스가 고개를 끄덕였다.

"그렇긴 해. 그거 알아? 그 핑크 레이디스 그룹에 들어가려면 담력 테스트를 거쳐야 한대."

"무슨 담력 테스트?"

"그룹에 들어오고 싶어 하는 여자애들한테 샤이엔이 백화점이나 쇼핑센터 옷가게에서 사야 할 목록을 준대. 그걸 슬쩍해 오라고 시키는 거야."

나는 깜짝 놀라서 알렉스를 쳐다봤다.

"그러니까 훔치게 한다는 거야?"

알렉스가 다시 고개를 끄덕였다.

"그래. 핑크 레이디스가 강도 짓을 시키는 셈이지."

나는 놀라서 미간을 찌푸렸다.

"그런 건 어떻게 알았는데?"

알렉스가 손에 묻은 모래를 털며 대답했다.

"샤이엔이 직접 말해줬어."

"너한테는 왜 말해준 거야?"

"자…" 알렉스가 의미심장한 웃음을 띠며 말을 이었다. "너만 알고 있어야 돼. 약속해!"

나는 손가락 두 개를 하늘 위로 치켜올리며 말했다.

"약속해."

"샤이엔하고 나 사이에 일이 있었어."

"일? 무슨 일?"

"좀 된 얘긴데, 내가 뇌막염에 걸리기 전이야. 어느 파티에서 우연히 샤이엔을 만났어. 그때 난 정말 뚱뚱했지. 어쨌든 우린 한쪽 구석에서 둘만의 수다를 떨었어. 누가 먼저 말을 걸었는지는 말해줄 수 없어."

"그냥 수다만 떨었어?"

"그랬을걸?" 알렉스가 어깨를 으쓱하며 말을 이었다. "사실 잘 기억나진 않아…."

알렉스는 가끔 여자애들과 갑작스러운 만남을 시작하기도 한다. 그렇다면 샤이엔과도?

"그리고 더 이상 진전이 없었어?"

"없었어. 내 스타일이 아니거든. 하지만 샤이엔은 그때부터 얼마 동안 날 스토킹 했어. 프렌드북에서 엄청난 양의 메시지를 보내고, 심지어 우리 집까지 들어와 내 방 침대 옆에서 기다린 적도 있다니까."

알렉스가 내 팔을 툭 치며 말을 이었다.

"조쉬 넌?"

"내가 뭐?"

"너도 여자애랑 놀아본 적 있어?"

"아니."

나도 모르게 조그만 목소리로 대답했다.

"에이, 말도 안 돼. 잘 생각해봐!"

"뭐, 한 명 있긴 한데."

알렉스가 흥미를 보이며 나한테 바짝 붙었다.

"우리 엄마 남자친구인 하랄드 아저씨 딸."

"와우!!"

"놀랄 것까진 없어, 알렉스. 어느 날 하랄드 아저씨랑 같이 페기가 우리 집에 왔는데, 그날 난 몸이 아파서 누워 있었어. 그런데 갑자기 페기가 내 이불 속으로 들어오더라구."

"그래서? 빨리 말해봐!"

"5분쯤 뒤에 아저씨가 내 방으로 와서 그걸 보곤 엄청 화를 냈지. 페기를 침대 밖으로 끌어내 곧장 집으로 데리고 갔어."

"그러고 나서 페기를 또 만났어?"

"아니. 그날 이후로 페기는 우리 집에 못 왔거든. 하지만 그때부터 계속 스마트챗으로 나한테 자기 사진을 보내."

"사진? 무슨 사진?"

"어떤 사진일지 알잖아."

"에이, 야!" 알렉스가 다그쳤다. "보여줘야지! 뭘 망설여?"

나는 소지품들 사이에서 핸드폰을 집어 들고 페기의 사진을 찾아냈다.

"오, 이런!"

알렉스가 사진들을 넘겨보며 외마디 소리를 냈다.

"하랄드 아저씨가 알면 큰일 나겠는데?"

알렉스와 나는 저녁이 되어 돌아왔다. 스쿠터에서 내리면서 헬멧을 돌려주자 알렉스가 말했다.

"이거 일단 네가 갖고 있어."

"왜?"

"그럼 널 태우러 올 때마다 내가 챙겨 오지 않아도 되잖아. 그리고 누가 알아? 너도 나중에 스쿠터를 사게 돼서 이게 필요할지."

그런 생각은 해본 적이 없었다. 하지만 꽤 좋은 아이디어라는 생각이 들었다.

"그럼 내가 살게. 얼마 주면 될까? 40유로?"

알렉스가 손사래를 쳤다.

"그래. 대충 그 정도로 정하자."

## 6

# 리키와 안나

핸드폰이 아침 일찍부터 울려댔다. 나는 어제 보던 리키와 리키 동생들의 사진을 깔고 엎드린 채 자고 있었다. 멍청하게도 그대로 잠드는 바람에 사진이 다 구겨졌다.

알렉스가 후고식당에서 프렌드북이 얼마나 좋은지 설명해준 뒤로, 나는 아침마다 침대에 누운 채 프렌드북에 올라오는 새로운 피드를 확인한다. 화장실에서보다 프렌드북 보는 데 시간을 많이 보내는 것 같다. 오늘도 페기는 스마트챗으로 자기 사진을 보냈다. 페기는 목에 목걸이를 걸고서 희한한 오리 같은 표정을 짓고 있었다. 사진 밑에는 '정말 보고 싶어'라고 쓰여 있고 옆에는 깨진 하트 모양이 있었다.

갑자기 안나의 사진이 떴다. 안나. 안나. 안나. 안나 사진이 얼마 전 반 채팅방에서 공유된 뒤로 계속해서 뜨고 있다. 그 바람에 그냥 장난으로 끝날 일이 갈수록 심각해지고 있다.

안나의 사진을 공유하고 댓글을 써대는 수많은 사람들은 다 내가 모르는 사람들이다. 댓글들은 대부분 안 좋은 말들이다. 사람들은 안나와 안나의 가슴둘레, 안나의 닉네임을 비웃고 있다. 리키 혼자만 그런 사람들을 비난하면서 신고하겠다고 위협하고 있다. 물론 신고해봤자 별 도움이 되지 않겠지만, 리키는 적어도 안나를 위해 뭔가를 하고 있는 중이다. 나와 달리. 그렇지만 내가 뭔가를 한다 해도 결국 거짓말을 하는 것밖에 되지 않겠지.

오늘은 집에만 있고 싶다. 어쩔 수 없이 침대에서 일어나 화장실로 갔는데 이미 누가 안에 있었다.

“하랄드 아저씨.”

나는 잠긴 문에 대고 소리쳤다.

“빨리 좀 나오세요. 저, 학교 가야 돼요.”

아무 대답이 없다.

엄마는 이 시간쯤에는 늘 자고 있다. 어릴 땐 엄마가 소시지와 대충 구운 토스트 두 장을 학교 갈 때 챙겨줬었다. 하지만 다 옛날 일이다.

냉장고를 열어 보니 마치 물 없는 어항 속에 간신히 살아남은 금붕어처럼 유리병 안에 절인 피클 한 덩이만 외롭게 들어 있다. 빵을 담았던 통에는 빵 끄트머리 부분만 몇 조각 남아 있다. 냄비에는 어제저녁에 먹다 남은 반쪽짜리 소시지가 있었다. 나는 소시지를 집어 한입 베어 물었다. 씹히지 않는 부분은 뱉어서 쓰레기통에 버렸다.

나는 다시 복도로 나와서 이번에는 좀 더 크게 불렀다.

“하랄드 아저씨! 저, 이제 진짜 화장실 써야 돼요!”

기다리는 동안 현관 옷걸이에 걸린 거울 앞에 서서 잠이 덜 깬 눈을 비볐다. 헝클어져 있는 머리카락도 매만져 정리했다. 그래도 계속 반응이 없어서, 화장실 문손잡이를 잡고 마구 흔들었다.

나는 아저씨가 문을 확 열어젖히고는 화가 나서 내 멱살을 잡으려고 달려들 줄 알았다. 늘 그랬으니까. 그런데 놀랍게도 화장실 안에서 흐느끼는 소리가 들렸다.

“나 좀 내버려둬!”

뭔가 나쁜 일임을 직감했다. 서둘러 집 안을 둘러봤다. 하랄드 아저씨의 신발도, 가방도 보이지 않았다.

“엄마?”

갑자기 조용해졌다.

“아, 조쉬구나. 엄만 지금 기분이 좋지 않아.”

그러고는 작게 욕하는 소리가 들렸다.

8년 전쯤 아빠랑 이혼했을 때부터 엄마는 경제적으로 힘들어했다. 그러다 은행에서 잘리고 나서는 아예 회복을 하지 못하고 있다. 엄마는 은행에 다닐 때 같은 직급인데도 더 많은 돈을 받는 동료의 월급명세서를 ‘실수로’ 찢어버렸다고 한다. 그리고 봉급 차이에 대한 불만을 상사에게 따졌다가 무기한 면직 처분을 받았다. 그때부터 엄마는 어떤 은행에서도 일할 수 없게 됐고, 은행 일 외에 다른 일들은 엄마의 눈에 차지 않았다. 그 뒤로 엄마는 인터넷을 통해 돈 많은 남자들과 만나는 생활을 이어가고 있다. 물론 하랄드 아저씨는 예외지만.

"또 싸웠어요?"

"그냥 너무 슬퍼서 그래, 조쉬." 엄마가 느릿느릿 말했다. "정말 너무 슬퍼."

아무래도 엄마가 또 우울증에 걸린 것 같다. 지난 몇 년간 터득한 게 하나 있다. 엄마가 저런 기분일 때 내가 할 수 있는 건 아무것도 없다는 것이다.

나는 재빨리 옷을 챙겨 입고 가방을 챙겨 학교로 향했다.

25분 정도 지각하는 바람에, 1교시 수업에 들어가야 할지 말지 잠시 고민했다. 왜냐하면 화학 선생님은 단 한 명이라도 늦게 오면 돌변하기 때문이다. 분명 재킷도 벗기 전에 나를 문가에 세워두고 노래를 부르라고 시킬 게 뻔했다.

결국 나는 화학 수업이 한창인 교실로 들어섰고, 태연한 목소리로 선생님께 말했다.

"누가 제 자전거 나사를 빼 가서요. 죄송합니다."

화학 선생님은 온 세상의 잘못된 것들을 보며 고통스러워하고 적극적으로 의견을 표출하는 양심적인 원칙주의자다. 다행히 오늘은 내 거짓말이 통했다. 선생님은 나한테 자리로 가서 앉으라고 손짓한 뒤, 일부 사람들의 반사회적 행동에 대해 일장 연설을 늘어놓기 시작했다.

내 자리로 가는 길에 안나의 자리를 곁눈질로 쳐다봤다. 비어 있었다.

화학 수업이 끝나고 교실을 나서는데 리키가 문 앞에서 나를 잡아 세웠다.

"선생님이 안나 소식을 전해주셨는데, 들었니?"

나는 이마를 찌푸렸다.

"뭔데?"

나는 알렉스가 우리 뒤에 오고 있고 의심의 눈초리로 우리를 주시하고 있다는 걸 알아차렸다.

"맹장염으로 병원에 입원했대." 리키가 입술을 깨물며 말했다. "나 좀 도와줄래?"

"당연하지. 뭘 도와줄까?"

"오늘 수영 연습 끝나고 안나한테 가고 싶어. 같이 가줄래? 난 병원이 싫어서."

"좋아."

"고마워. 넌 진정한 친구야."

순간 다리를 삐끗할 뻔했다. 좀 더 쿨하게 반응하고 싶었지만 심장이 미친 듯이 뛰어댔다. 리키와 대화를 나누는 게 여전히 익숙하지가 않았다.

# 7

# 너희한테 그렇게 말했니?

오후가 되었고, 나는 약속 시간이 되기 한참 전에 시립 실내 수영장에 도착했다. 후끈한 실내 수영장 안에서는 염소 냄새가 풍겼다. 나는 벤치에 앉아 안에서 수영하는 사람들을 구경했다. 여기서 보면 수영하는 사람들의 다리가 아주 잘 보인다. 그런데 리키의 팀은 보이지 않았다. 까만 머리에 파란 물안경을 쓴 꼬마 한 명이 물속에서 머리를 내밀고 올라오며 두꺼운 유리벽을 쳤다. 꼬마의 콧구멍에서 물방울이 부풀어 올랐고 수면 위로 뱅뱅 돌면서 올라왔다.

그때 누가 내 어깨를 툭 쳤다.

"안녕."

리키였다.

"많이 기다렸어?"

나는 깜짝 놀라 종이 타월로 리키가 앉을 자리를 급히 닦았다.

"방금 왔어."

리키의 머리카락은 젖어 있었다. 힘든 훈련을 끝내고 온 사람답지 않게 활기가 넘쳤다.

리키가 웃으면서 내 옆에 놔둔 봉지를 집어 들었다.

"오, 이거 내 거야?"

"안나 거야. 뭐라도 사 들고 가야 할 것 같아서. 이제 병원으로 갈까? 20분쯤 걸릴 거야."

리키가 고개를 끄덕였다.

"그건 리키 네가 들고 가. 난 네 가방을 들어줄게."

내가 제안하자, 리키가 나한테 자기 가방을 선뜻 내주면서 내가 사 온 봉지를 뚫어지게 바라봤다.

"이걸 내가 가져가도 될까?"

나는 고개를 끄덕였다.

"그럼."

우리는 차가 가득한 번잡한 대로변으로 걸어 나갔다. 리키가 딸기 맛 젤리 봉지를 집어 들더니 난쟁이 모양 젤리를 덥석 베어 물었다. 그리고 나한테 젤리 봉지를 건네줬다. 나는 잠시 망설이다가 분홍색 버섯 모양 젤리를 집어먹었다.

"자, 들어봐."

리키가 젤리를 입 안에 문 채 말을 걸었다.

"어제부터 알렉스가 나한테 계속 메시지를 보내고 있어. 마치 자기는 안나 사건과 아무 관련이 없다는 식으로. 글쎄, 알렉스 말로는 누가 자기 계정을 해킹 해서 그런 글을 쓰고 사진까지 올렸다는 거야."

우리는 횡단보도에 다다랐고, 리키는 경멸스럽다는 표정을 지으며 씩씩댔다. 빨간불이었지만 리키는 말하느라 신호를 보지 못하고 도로로 들어섰다.

"정말 믿기지가 않아. 그렇지 않니?"

"글쎄." 나는 리키를 붙잡고 다시 보도로 올라오게 했다. "그 말이 사실일 수도 있지 않을까…."

"그럴 리가."

리키는 신호등이 파란불로 바뀌는 동안에도 계속해서 비난을 퍼부었다.

"절대 그럴 리 없어!"

"알렉스 말이 사실일 수도 있잖아? 알렉스가 너한테 왜 계속 진실을 알리고 싶어 하겠어?"

"알렉스가 나한테 원하는 게 있기 때문이겠지. 하지만 알렉스 같은 애랑 사귀느니 차라리 죽는 게 나을 거야."

양심의 가책이 느껴졌다. 나는 정녕 리키가 알렉스한테서 완전히 등을 돌리기를 원했던가? 사실 그렇다. 하지만 이렇게까지 혐오하길 바랐던 건 아니다….

"그 말은 좀 심하지 않아?"

"알렉스가 안나한테 한 짓을 생각해봐. 그건 심한 게 아니고?"

"이제 안나도 자기가 무슨 짓을 했는지 알겠지." 나는 화난 리키를 진정시키려고 애썼다. "오해하지 말고 들어. 안나도 그런 일이 일어날 거라고 예상했어야 했던 게 아닐까?"

리키가 놀라서 나를 쳐다봤다.

"너 설마, 이 모든 걸 안나가 자초했다는 소리를 하는 거니?"

리키의 미간에 주름이 확 잡혔다.

"아니. 난 그저 확실히 따져보려는 거야." 나는 조용히 반박했다. "자, 봐봐. 만일 네가 남자친구를 너무 좋아한 나머지 너의 개인적인 사진을 보낸다면, 그건 곧 남자친구가 네 사진을 전 세계에 퍼뜨리진 않을 거라고 믿기 때문이잖아. 그러니까 내 말은, 애초에 안나가 이 알렉스라는 나쁜 놈을 철석같이 믿지 말았어야 했다는 거지."

리키가 잠자코 나를 쳐다봤다.

"너무 그렇게 보진 마. 난 안나가 잘못했다고 말하는 게 아니야."

리키가 미소를 짓더니 내 팔을 쓰다듬으며 말했다.

"그래. 같이 와줘서 고마워."

병원에 도착해서 안나의 병실을 찾는 데 애를 먹었다. 소독약 냄새가 코를 찔렀다. 일상적인 병동의 모습이었다. 여기저기서 환자들이 목욕 가운 같은 걸 걸치고 발을 끌며 걸어 다녔다. 일부 환자들은 바퀴 달린 이동식 링거대에 수액을 건 채 직접 밀고 다니거나, 휠체어를 타고 보호자의 도움으로 움직였다.

간호사가 리키를 불러 안나 입원실의 정확한 위치와 가는 길을 알려줬다.

"안나 엄마다!"

리키가 갑자기 소리쳤다.

복도 반대편 끝에 안나 엄마가 서 있었다. 코트 차림에 테디 베어처럼 핸드백을 끌어안고 있었다.

"안녕하세요." 리키가 인사를 건넸다. "안나는 좀 어떤가요?"

안나 엄마는 눈 밑에 다크 서클이 보였고, 넋 나간 듯한 모습이었다.

"맹장염이라면서요? 아니면 더 심각한 병인가요?"

"안나 아빠가 방금 의사 선생님과 얘기를 마쳤단다."

안나 엄마는 중얼거리듯 말하며 병실 유리창에서 시선을 떼지 못했다. 청바지와 갈색 가죽 재킷을 입은 회색 머리의 아저씨가 의사 선생님과 함께 반대편에 서 있었다.

안나 엄마가 고개를 돌려 혼란스러운 눈빛으로 우리를 봤다.

"음, 맹장염?"

리키가 아까 했던 질문이 이제야 머리에 접수된 듯 안나 엄마가 대답했다.

"오늘 수업 시간에 맹장염에 걸렸다는 소식을 들었어요."

"뭐라고?"

안나 엄마가 고개를 흔들며 물었다.

"학교에서 너희한테 그렇게 말했니?"

리키가 고개를 끄덕였다.

"왜요? 아닌가요?"

안나 엄마의 얼굴이 갑자기 굳어졌다.

"정말 믿을 수가 없구나."

그러고는 흐느껴 울기 시작했다.

그때 안나 아빠가 우리 쪽으로 걸어와서 안나 엄마를 조용히 감싸 안았다.

"걱정 마. 의사 선생님이 그러는데 상태가 안정적이래."

나는 깜짝 놀랐다. 뭔가 잘못되었나 보다.

"대체 무슨 일이에요?"

리키가 묻자 안나 아빠가 침을 한 번 삼키고 나서 말했다.

"안나가 자살을 시도했어."

전철 좌석에 앉으니 온몸이 마비된 듯 아무 감각이 없었다. 리키는 안나 아빠로부터 충격적인 소식을 듣자마자 병원을 뛰쳐나갔다. 나는 그러지 못했다. 두 다리가 움직이지 않았기 때문이다. 그냥 얼어붙은 채로 안나 엄마가 약 보관 캐비닛을 잠그지 않았다며 자책하는 걸 들어야 했다.

다행히 안나가 복용한 양은 생명을 위협할 정도는 아니었다고 한다. 하지만 안나 엄마가 그 약 캐비닛을 열어보지 않았더라면 어떻게 되었을지는 아무도 모른다.

집에 들어서니 엄마 방에서 텔레비전 소리가 들려왔다. 나는 곧 바로 내 방으로 들어가 음악을 틀고는 침대로 뛰어들었다.

아무 감각이 없었다. 아무것도. 멍해졌다. 머릿속 스위치가 꺼진 것처럼.

얼마 지나지 않아 엄마가 노크도 하지 않고 방으로 들어와 음악 소리를 줄였다.

"다녀왔다고 인사도 안 하니?"

나는 입을 열었지만 아무 소리도 나오지 않았다.

"얘, 조쉬."

엄마가 내 옆에 걸터앉아 나를 팔로 안았다.

엄마의 포옹이 모든 걸 바꿨다. 감각이 천천히 돌아오기 시작했다. 부끄러움, 걱정, 분노. 머릿속에도 수많은 생각들이 밀려들어오기 시작했다. 이런 속마음을 누구한테 털어놓아야 할까? 털어놓는다면 뭐부터 말해야 하지? 되돌리고 싶은 그날의 장난? 리키 이야기, 아니면 알렉스 이야기? 아니면 내가 전혀 의도하지 않았던 안나의 자살 시도?

"오늘 아침 일 말이야."

엄마가 느릿느릿 입을 뗐다.

"그러니까… 내가…."

엄마가 말을 멈췄다. 엄마의 시선은 허공을 향해 있었다.

이제 알겠다. 엄마는 나한테 무슨 일이 있었는지 알고 싶어서 온 게 아니라 자기 얘기를 하러 온 것이다.

"내가 하고 싶은 말은…"

엄마가 숨을 크게 들이쉬며 말을 이었다.

“너랑 나, 우리 지금 잘 지내고 있잖아. 그렇다고 생각하지 않니?”

이 말투, 익숙하다. 아침엔 우울증 환자처럼 굴다가 저녁이 되면 완전히 정상으로 돌아오는 패턴. 엄마 옷에서 나는 담배 냄새 때문에 속이 메스껍다. 엄마는 몇 년 전에 담배를 끊었다. 그런데 아무래도 다시 피우는 모양이다. 하랄드 아저씨가 여러 가지로 나쁜 영향을 주는 것 같다.

“난 정말 멋진 아들을 가졌어.”

감동한 목소리로 엄마가 내 머리칼을 쓸어 넘겼다.

도대체 엄마의 감정 기복에 대해 이해를 못 하겠다. 사실 별로 알고 싶지도 않다. 지금 내 문제만으로도 복잡하기 때문이다. 안나가 나 때문에 죽을 수도 있었다!

새벽 세 시가 되도록 나는 잠들지 못했다.

아무래도 알렉스한테 모든 걸 털어놓아야겠다는 생각이 들었다. 다른 해결책은 없다.

8

# 모두가 안나 얘기뿐

아침에도 알렉스한테 진실을 털어놓겠다는 내 결심은 변하지 않았다. 침대에서 일어나 핸드폰 메시지를 확인하기 전까지는. 안나의 자살 시도 소식이 이미 반 채팅방에서 나돌고 있었다. 문득 불길한 생각이 들면서 누가 그 소식을 처음 전했는지 보기 위해 계속해서 채팅창을 스크롤 했다. 샤이엔이었다. 그런데 샤이엔이 어떻게 알고 있지? 샤이엔은 누구 때문에 안나가 자살 시도를 한 건지도 말하고 있었다. 알렉스. 샤이엔은 알렉스를 비난하고 있었다.

학교만 오면 싱글거리고 다니던 알렉스가 오늘은 벙어리처럼 아무 말 없이 핼쑥한 얼굴로 자기 자리에 앉아 있었다. 파올로는 알렉스한테 무언가 귓속말을 하고, 더블D는 동의한다는 듯 고개를 끄덕이고, 엘자는 축 처진 알렉스의 어깨에 손을 올려놓고 있었다. 나는 이 세 추종자들이 알렉스한테 무슨 말을 하고 있는지 알 것 같았다. *그건 네 잘못이 아니야… 걔가 그럴 거라곤 누구도 예상 못 했을 거야… 수녀가 너무 과민 반응한 거야… 고개 들어. 괜찮아질 거야….*

물론 무슨 말로 위로해도 알렉스를 진정시키진 못할 것이다. 내가 어떤 말을 들어도 진정되지 않듯이.

순간 알렉스가 나를 쳐다봤다. 하지만 내가 무관심한 표정으로 바꾸기도 전에 알렉스는 다시 고개를 돌려버렸다.

교실 다른 곳에서는 소란이 벌어지고 있었다. 소리 나는 쪽으로 고개를 돌리니 리키가 샤이엔 책상에 있는 물건들을 바닥으로 거칠게 쓸어버리는 게 보였다. 핑크 레이디스 애들이 모두 놀라서 그런 리키를 쳐다보고 있었다.

샤이엔은 여느 때처럼 쫙 달라붙는 치마에 모헤어 스웨터를 입고 있었다. 샤이엔이 쏟은 물건들을 주워 다시 책상에 올려놓으라고 말했지만, 리키는 눈 하나 꿈쩍하지 않고 이번엔 한 손으로 책상 모서리를 홱 쳐들었다. 책상이 우당탕 소리를 내며 바닥으로 엎어졌다. 샤이엔은 뒤로 잽싸게 피한 덕에 예쁘게 칠한 페디큐어를 책상 모서리에 긁히지 않을 수 있었다.

그 난리 통에 브링크만 영어 선생님이 아무것도 모른 채 교실로 들어섰다. 선생님은 교탁에 서류 가방을 내려놓고는 긴장한 듯 덥수룩한 턱수염을 연신 어루만지며 수업을 시작하기 위해 몇 번이나 "자…"를 연발했다. 그래도 안 되자 선생님은 손뼉을 짝 쳤다. 물론 소용없었다.

교실에 있는 아이들 모두가 소란스럽게 떠들어댔다. 핑크 레이디스는 샤이엔의 책상으로 몰려갔고, 검정색 오토바이 재킷을 입은 링고는 지각한 주제에 태연히 교실을 어슬렁거리다가 알렉스의 어깨를 툭툭 치고는 특유의 잇몸 미소를 지어 보이며 자기 패거리와 하이파이브를 했다.

브링크만 선생님이 조금 화가 난 듯 말했다.

"링고, 자리에 가서 앉아."

링고는 들은 척도 안 했다.

선생님이 짙은 금발 머리를 쓸어 올리며 물었다.

"너희들, 대체 무슨 일이니?"

"무슨 일이냐고요?" 엘자가 대꾸했다. "안나 얘기 못 들으셨어요?"

선생님의 표정이 어두워졌다.

"교장선생님이 오늘 아침에 소식을 전해주셔서 알고는 있다."

선생님이 헛기침을 한 번 한 뒤 다시 입을 열었다.

"그건 그거고 수업은 해야지."

"수업 대신," 엘자가 말했다. "안나 얘기를 같이 해보는 건 어떨까요?"

선생님은 엘자가 진지한 의도로 말한 건지, 아니면 수업을 못하게 하려고 수를 쓰는 건지 잠시 생각하는 것 같았다. 그러더니 다시 한 번 헛기침을 했다.

"수업을 해야 해. 다들 알고 있듯이 이 반 진도가 제일 느려."

"선생님."

핑크 레이디스가 바닥에 떨어진 샤이엔의 물건들을 열심히 주워 올리는 동안, 샤이엔이 갑자기 화난 목소리로 알렉스를 가리키며 말했다.

"설마 우리가 쟤랑 같은 교실에 앉아서 평소처럼 아무렇지 않게 수업을 받을 수 있을 거라고 생각하시는 건 아니겠죠?"

샤이엔의 추종자들이 옆에서 고개를 끄덕였다.

알렉스는 번개라도 맞은 듯한 표정이었다. 알렉스가 멍한 표정으로 나를 잠시 쳐다봤고, 나는 알렉스의 눈길을 피했다.

선생님이 손사래를 치며 말했다.

"그 문제는 너희 담임 선생님께 말씀드리렴."

선생님이 가방에서 서류철을 꺼내 부채질을 하기 시작했다.

"각자 자리로 돌아가. 수업 하자."

그런데도 아무 반응이 없자 선생님이 지휘봉을 휘두르며 소리쳤다.

"너희가 계속 이러면 학생기록부에 적을 수밖에 없어. 너희들 전체를 말이야."

결국 선생님은 화가 나서 교실을 나갔다. 가방도 교탁 위에 그대로 둔 채로.

링고는 재미있다는 듯 떠들썩하게 노래를 불러댔고, 링고의 패거리는 깔깔 웃음을 터트렸다.

그때, 팔에 누군가의 손이 닿는 게 느껴졌다.

돌아보니 리키였다.

"어제 병원에 널 혼자 두고 가서 미안해. 내가 감당하기 힘든 소식이라 그랬어."

리키가 내 자리보다 몇 줄 앞에 있는 알렉스를 고갯짓으로 가리키며 말을 이었다.

"우리 모두에게 잘못이 있는 거니까!"

나는 침을 꿀꺽 삼켰다.

"알렉스도 원하는 결과는 아니었을 거야."

내가 괜히 알렉스를 변호하는 꼴이 되었다.

"물론 그럴 순 있겠지." 리키가 말했다. "하지만 그렇다고 한들 안나의 현재 상황을 돌이킬 순 없어."

"근데 샤이엔한텐 왜 그런 거야?"

"걔 못된 거, 너도 알잖아. 계속 안나에 대해 나쁘게만 말하고 있어." 리키가 주먹을 쥐었다. "걘 연쇄살인범같이 동정심도 없는 나쁜 애야. 누군가 샤이엔을 막아야 해."

그때, 슈퇴르머 담임 선생님이 브링크만 선생님, 큼지막한 안경을 쓴 베아테 상담선생님과 함께 교실에 들어섰다. 다들 담임 선생님이 무서운지 얼른 자리에 가 앉았고, 리키도 얼떨결에 내 옆자리에 앉았다. 하지만 웅성거리는 소리는 여전했다.

"안녕, 얘들아."

슈퇴르머 선생님이 조용히 말하며 교실을 천천히 둘러봤다.

"내가 베아테 선생님께 같이 와주시라고 했다."

우리 학교 학생이라면 누구나 베아테 선생님을 잘 알고 있다. 교무실 옆 상담실에서 친구관계나 반 친구들이나 선생님이나 성적 때문에 스트레스를 받아 상담이 필요한 학생들을 맞이하고 있기 때문이다.

"너희들도 안나 소식을 들었다고 들었다."

담임 선생님이 비장하게 말을 이어갔다.

"다행히 상태가 양호하다고 하는구나."

이 말을 하고 선생님은 한참 뜸을 들였다가 다시 입을 열었다.

"너희들도 안나가 왜 그랬는지 알고 있을 거다. 소셜 네트워크에 안나의 사진이 올라왔고, 그게 계속 공유되기 때문이지. 우린 어떻게 된 건지 좀 더 자세히 조사할 거고, 경찰에 신고해서 이 사건의 범인을 가려낼 예정이다. 아마 다소 복잡한 절차를 거치게 되겠지."

선생님이 다시 말을 끊고 교실을 죽 둘러봤다. 브링크만 선생님은 벽에 몸을 기댄 채 알렉스를 가만히 쳐다보고 있었다.

"학교가 너희들한테 바라는 건 딱 한 가지다. 그 사진을 더 이상 공유하지 마라. 문자로도, 소셜 네트워크로도 공유하지 말고 밖으로 더 이상 퍼져나가지 않도록 해줬으면 한다. 공유하면 할수록 상황은 나빠질 뿐이야. 너희들이 이 일에 대해 얘기하고 싶으면 나한테 오거나 베아테 선생님을 찾아가거라."

"그러지 말고 우리 핸드폰부터 검사해보는 게 나을 텐데."

리키가 나한테 그렇게 귓속말로 말하고는 손에 든 사인펜을 빙

빙 돌려댔다.

"리키?!"

담임 선생님이 리키를 매서운 눈으로 쳐다봤다.

"질문 있니?"

"네." 리키가 일어서서 대답했다. "화학 선생님이 왜 처음에 우리한테 거짓말을 하셨는지 궁금해요. 맹장염이라고 하셨잖아요."

담임 선생님이 두 손을 맞잡으며 대답했다.

"솔직히 말하면, 우린 너희들이 그 사실을 모르길 바랐다. 내 수업이었다면 난 아예 아무 말도 하지 않았을 거야."

"왜죠?" 리키는 더 화가 난 듯했다. "우린 왜 진실을 알아선 안 되나요? 선생님은 언제나 연대감과 공동체 정신이 중요하다고 하셨잖아요."

리키의 당당한 모습이 나를 더 반하게 했다.

"너희들이 알아서 좋을 게 없으니까."

담임 선생님이 리키를 달래듯 말했다.

"우린 안나가 별일 없이 다시 학교에 나올 수 있기를 바랐다. 하지만 이제 너희들이 모두 알게 된 이상 안나가 학교에 돌아오는 게 더 힘들어졌지. 안나의 자살 시도에 대해 소셜 네트워크에서 소문내는 건 안나의 사진을 퍼뜨리는 것과 다를 바 없는 짓이야."

리키가 굳은 표정으로 힘없이 의자에 앉았다.

자살을 기도했다는 사실을 아는 사람은 리키와 나뿐이었다. 그런데 샤이엔이 어떻게 그 소식을 알았는지 궁금해졌다.

리키가 다시 물었다.

"그럼 알렉스는요? 우리 반 애들은 알렉스가 그 사진을 프렌드북에 올렸다는 걸 다 알고 있어요."

알렉스가 펄쩍 뛰며 필사적으로 외쳤다.

"내가 한 거 아니야. 진짜 맹세할 수 있어!"

이번에는 샤이엔이 나섰다.

"그럼 그 사진이 왜 네 이름으로 올라가 있는 건데?"

"누가 내 계정을 해킹 한 거야!"

"말도 안 돼." 리키가 알렉스의 말을 무시하며 말했다. "월요일에만 해도 넌 반 애들이 그 사진을 보고 비웃는 걸 내버려뒀잖아."

"난…."

알렉스가 해명을 하려는데, 베아테 선생님이 끼어들었다.

"얘들아, 억지 추측은 그만해. 학교에서 무슨 일인지 파악 중이고, 모두 밝혀낼 수 있을 거야. 선생님이 약속할게."

리키가 흥분을 가라앉히지 못하고 식식거렸다.

"하지만 이번 건은 알렉스 잘못인 게 명백하잖아요."

베아테 선생님이 고개를 저었다.

"무죄 추정의 원칙을 지켜야 한단다. 최종 결론이 나기 전까지 섣불리 마녀사냥은 하지 말자꾸나. 누구라도 힘든 게 있으면 언제든 나를 찾아오렴. 알렉스, 너도."

나는 긴장해서 상황을 살폈다. 이제 내 잘못이라는 걸 밝혀야 할 때가 왔다는 확신이 들었다. 모든 게 내 손을 벗어나 통제가 되지 않고 있다. 나는 일어섰지만 무슨 말을 해야 할지 생각나지 않았다. 내가 입을 열기 전에 리키가 옷소매를 잡아당겨 다시 앉으라는 신호를 보냈다.

"그냥 앉아." 리키가 속삭였다. "지금은 뭘 해도 의미 없다는 거 너도 알잖아. 나중에 다 밝혀질 거야."

나는 암담한 얼굴로 앉아 있는 알렉스를 바라봤다. 되도록 빨리 알렉스와 대화를 나눠야 한다.

쉬는 시간에 알렉스한테 다가갔다. 알렉스는 혼자 책상에 앉아 있었고, 알렉스의 추종자들은 이미 꽁무니를 빼고 없었다. 딱 좋은 상황이다.

"알렉스, 우리 얘기 좀 해."

하지만 알렉스는 의외라는 듯 나를 쳐다보더니 그냥 일어서서 교실 밖으로 나가버렸다.

# 스쿠터는 길을 알고 있다

알렉스와 내가 친했을 때, 가끔 알렉스가 내 맘속에 숨겨둔 소원을 다 알고 있는 것 같은 느낌을 받은 적이 있다. 우리가 누드비치를 방문한 후 얼마 지나지 않아, 알렉스가 자기 집 앞에서 갑자기 이런 말을 했다.

"잠깐 드라이브 갈래?"

"어디로? 카일 해변으로?"

그러자 알렉스가 비밀스러운 웃음을 지었다.

"네가 가고 싶은 곳으로. 세상은 넓어."

나도 알렉스한테 웃어 보였지만, 금세 풀이 죽었다.

"오늘은 헬멧을 못 가져왔어."

"문제없어."

그러면서 알렉스가 스쿠터 좌석을 열었다.

"내 거 써. 너 혼자 해보는 거야!"

"나 혼자?"

나는 믿기지 않아서 숨을 몰아쉬었다.

"놀리지 말고!"

알렉스가 안쓰럽다는 표정으로 내 자전거를 봤다.

"너, 평생 자전거 페달만 밟으면서 살래? 자, 내가 어떻게 타는지 알려줄게."

알렉스가 나한테 여분의 헬멧을 빌려준 그날부터 직접 스쿠터를 타면 기분이 어떨까 줄곧 상상하긴 했었다. 그런데 실제로 타볼 기회가 왔다는 게 정말이지 믿기지 않았다.

알렉스가 주요 기능들을 소개해주기 시작했다. 시동 버튼, 방향지시등, 브레이크 등등. 그런 뒤 내 손에 스쿠터 열쇠를 쥐여주며 말했다.

"이제 해봐."

"근데 난 운전면허가 없어."

알렉스가 어깨를 으쓱했다.

"그래서?"

"경찰 단속에 걸리면 어떡해?"

"조쉬, 이 겁쟁이야. 넌 벌어지지도 않은 일을 미리 걱정하는 버릇을 버릴 필요가 있어. 모험을 좀 해보란 말이야."

결국 나는 불안한 마음을 안고 스쿠터에 열쇠를 꽂아 넣었다. 시동 버튼을 누른 뒤 스쿠터가 부르릉 소리를 내는 순간, 나는 깨달았다. 이거다!

알렉스가 연료 게이지를 손가락으로 톡톡 두드리며 말했다.

"기름은 넉넉해. 신나게 달리면서 네 시간을 즐겨봐. 내 애마를 잘 부탁해."

나는 알렉스의 검은색 헬멧을 머리에 쓰고 안전벨트를 착용한 후, 조심스럽게 속도를 높였다.

처음에는 동네만 돌았다. 그러다 슬슬 적응이 되었다. 곧 차가 많이 다니는 큰길로 들어가 자동차들 사이를 누비고 다녔다. 나는 이전에는 느껴보지 못한 자유를 느끼고 있었다. 얼굴을 스치는 바람에 저절로 미소가 지어졌고, 뜻밖에 찾아온 행복감에 젖어 언제부턴가 바보처럼 실실 웃고 있었다. 나는 내가 어디로 가고 있는지 전혀 알지 못했다. 하지만 라우엔펠트 마을로 들어선 스쿠터는 오렌지색 주택들이 길게 늘어서 있는 곳으로 나를 이끌었다.

쌍둥이들이 정원에서 놀고 있었다. 부엌 창을 통해 어깨와 귀 사이에 전화기를 끼운 채 통화하며 바쁘게 일하는 아스트리드 아주머니가 보였다. 아주머니는 분명 초과 근무 중인 우리 아빠와 통화하고 있을 것이다. 아빠의 차가 차고에 없는 걸 보면 알 수 있다. 그런데 갑자기 쌍둥이들이 나를 쳐다봐서 흠칫 놀랐다. 다행히 헬멧 덕분에 내 얼굴을 보지는 못했다.

아빠가 새 가족과 함께 이 외딴 동네로 이사 온 이후부터 우리가 만나는 횟수도 줄었다. 아빠를 보러 간다고 해도 가는 길이 만만치 않았다. 전철만 두 번 갈아타고 전철에서 내려 버스를 또 타고, 버스에서 내려서도 15분을 걸어야 했다. 그런 생각을 하며 나는 핸들을 꽉 쥐었다. 다시 돌아오는 데에는 20분도 채 걸리지 않았다.

그제야 나는 스쿠터의 진정한 가치를 깨달았다. 이 스쿠터 하나만 있으면 완전히 자유롭게 돌아다닐 수 있는 것이다. 가고 싶은 곳은 어디든 말이다. 알렉스 집에도, 카일 해변에도, 쇼핑센터에도, 우리 아빠 집에도. 스쿠터를 마련하려면 돈을 얼마 정도 모아야 할지 곰곰이 생각해봤다. 일단 자전거부터 팔아야지. 목표가 확실해졌다. 알렉스한테 이것저것 물어볼 게 많았다. 새로운 계획이 생긴 나는 신이 나서 돌아왔다.

하지만 그렇게 들뜬 기분은 알렉스 집에 도착한 순간 완전히 깨졌다. 스쿠터를 주차하는 동안 검은색 데스메탈 셔츠를 입은 링고가 알렉스 집에서 나와 놀란 눈으로 나를 쳐다봤기 때문이다. 알렉스 집에 놀러 온 모양이었다.

링고는 학교 복도에서 수시로 아이들을 위협하고 장난을 걸지만 알렉스한테만큼은 그러지 않았다. 알렉스가 뇌막염에 걸리기 전부터 둘은 종종 어울려 다녔다. 알렉스가 회복하고 나서는 알렉스가 원하는 대로 셋이 같이 만나보려 했지만 잘되지 않았다.

"조쉬, 이 멍텅구리야." 링고가 탄식하며 말했다. "스쿠터 갖고 뭐 하는 거냐?"

나는 아무 대꾸 없이 잠자코 헬멧을 챙겨 스쿠터 좌석 밑에 집어넣었다. 하지만 한 가지를 간과했다. 링고는 그런다고 해서 갈 녀석이 아니라는 걸. 나를 제대로 놀리기 전까진 절대로.

링고가 내 앞에 우뚝 섰다.

"내가 물었잖아, 이 자식아."

링고 같은 싸움꾼은 조심해야 할 게 다섯 가지 있다.

첫 번째, 이런 타입은 싸움 걸기를 좋아하긴 하지만 그러려면 분명한 명분이 있어야 한다. 말하자면 자기가 정한 규칙에 어긋난다든지. 두 번째, 딱히 명분이 없으면 어떻게든 결국 만들어낸다. 세 번째, 상대가 끝까지 아무 반응도 하지 않으면 일부러 괴롭히거나 시비를 건다. 네 번째, 아무 말도 하지 않고 눈을 마주치지 않는 게 매우 중요하다. 왜냐하면 이런 녀석들에겐 그게 모두 거슬리는 말, 이상한 눈빛, 시비 거는 행동으로 보이기 때문이다. 다섯 번째, 현명한 사람이라면 코피가 날 경우를 대비해 솜을 들고 다니는 게 좋다.

나는 현명한 사람이 아니다.

"아무도 알렉스의 야옹이를 탈 수 없는데." 링고가 말했다. "알렉스 말곤 아무도 말이야. 알겠냐?"

그때까지는 링고의 레이더망에 걸리지 않으려고 애쓴 덕에 별일이 없었다. 하지만 그날은 왠지 반항심이 일었다. 어쩌면 스쿠터를 탔던 게 나한테 자신감을 심어줬을 수도 있고, 어쩌면 일어나지도 않은 일을 두려워하는 버릇을 이제 버려야 할 때가 됐다는 알렉스의 조언이 생각나서였는지도 모른다.

나는 링고의 코앞에서 스쿠터 열쇠를 뱅뱅 돌리며 말했다.

"자~ 그런데 알렉스가 나한테 열쇠를 줬네?"

화가 난 링고가 나를 쏘아보며 앞을 막아섰다.

"뭐야? 알렉스랑 절친이라도 된 거냐?"

"좀 지나갈게."

하지만 녀석은 길을 비켜주지 않았다.

"대답해, 이 자식아!"

나도 링고한테 소리쳤다.

"맨날 그렇게 사이코처럼 행동하는 게 너무 웃기다고 생각되지 않냐?"

그러자 링고가 특유의 잇몸 미소를 보였다. 이제 상황을 즐기기 시작한 것이다.

나는 링고의 입을 모르타르로 막아버리면 어떨까 상상했다. 이번만큼은 도망가고 싶지도 않고, 겁을 먹지도 않았다.

"어디 해봐. 때려봐. 그래야 네 기분이 좋아진다면."

몸을 풀기라도 하듯 링고가 먼저 내 몸을 힘껏 밀쳤다. 나는 비틀거렸지만 다시 바로 섰다. 곧이어 엄청난 공격이 들어왔다. 나는 스쿠터에서 헬멧을 꺼내 링고의 그 멍청한 머리를 날려버리려고 했다. 하지만 알렉스가 집에서 나오는 바람에 그러지 못했다.

"링고, 무슨 일이야?"

알렉스가 링고한테 다가갔다. 링고한테 그런 톤으로 말할 수 있는 사람은 알렉스뿐이다.

"저 멍청이가 네 스쿠터를 훔치려고 했어!"

알렉스가 고개를 저었다.

"일단 조쉬는 멍청이가 아니고, 내 친구야. 그리고 내가 조쉬한테 스쿠터를 빌려준 거야."

"하지만," 토라진 어린애가 하소연하듯 링고가 말했다. "넌 야옹이를 아무한테도 빌려주지 않잖아."

"예외가 있는 거지."

링고가 말귀를 알아들은 듯했다.

"뭐야? 너네, 게이냐?"

알렉스가 깔깔대며 웃자 링고도 마지못해 따라 웃었다. 이게 바로 알렉스의 능력이다. 알렉스는 특유의 매력으로 완전히 어색한 분위기도 부드럽게 만드는 재주가 있다.

"이제 됐지?" 알렉스가 링고의 어깨를 툭 쳤다. "이제 집에 가자, 오케이?"

놀랍게도 링고는 정말로 아무렇지 않게 몸을 돌려 걸어갔고, 나는 그제야 다리가 후들후들 떨리고 있다는 걸 알아차렸다.

"아슬아슬했어." 나는 긴장이 풀려 말했다. "왜 갑자기 나온 거야?"

"걱정이 돼서." 알렉스가 답했다.

"나랑 링고가?"

"아니, 내 야옹이가. 어땠어?"

나는 알렉스한테 스쿠터 열쇠를 넘겨줬다.

"굉장했지."

"너도 이젠 스쿠터를 갖고 싶지?"

나는 고개를 끄덕였다. 스쿠터를 타면서 느꼈던 벅찬 감동이 링고 녀석과 마주치는 바람에 사그라지긴 했지만, 아직도 무릎이 후들거리고 있었다.

"네가 왜 링고 같은 녀석이랑 어울리는지 모르겠어."

알렉스가 손을 저었다.

"링고? 좀 이상한 구석이 있긴 해도 생각보다 괜찮은 애야."

"날 패려고 달려들 때 보니까 전혀 괜찮은 애가 아니던데."

"그렇게 된 데는 다 사정이 있어."

알렉스가 스쿠터를 쳐다보며 말을 이었다.

"링고는 가정환경이 좋지 않아. 좀 거칠고 그늘진 구석이 있긴 하지만, 그래도 거짓말은 절대 안 하고 배신도 안 하는 애야."

10

# 말이 나오지 않아

한 시간이나 늦게 집에 들어온 나는 침대에 누워 알렉스의 문자 메시지를 읽었다.

**너랑 얘기하고 싶어. 알렉스가**

이 한 줄뿐이었다.

나는 어찌할 바를 모르고 핸드폰을 손에 쥐고 만지작거렸다. 답장을 보내야 할지, 보낸다면 뭐라고 보내야 할지 도저히 알 수가 없다. 간단하게 '그래, 무슨 일인데?' 정도도 쓸 수가 없다. 오늘 아침만 해도 모든 걸 말하려고 했다. 알렉스가 그렇게 급히 자리를 피하지만 않았더라면. 하지만 그 뒤로 말할 용기가 사라져 버렸다.

물론 내 양심은 알렉스한테 가야 한다고 외치고 있다. 알렉스가 진실을 알 권리가 있다는 것도, 그 진실은 반드시 나한테 직접 들어야 한다는 것도 알고 있다. 하지만 차마 그렇게 할 용기가 없다. 그냥 집 안에 틀어박혀 음악이나 들으며 아무도 만나지 않고 싶을 뿐이다.

그런데 머릿속에서는 온갖 생각들이 계속해서 떠올랐다. 어쩌면, 생각을 해보자, 어쩌면 알렉스는 스스로 자기 인생에서 가장 큰 곤경을 안겨준 사람이 누구인지 알아내서 지금쯤 엄청 화가 나 있을 수도 있다. 하지만 만일 그렇다면 알렉스가 스쿠터를 타고 나한테 바로 달려오지 않았을까?

살면서 종종 결단을 해야 할 때가 있다. 막다른 골목에 몰려 어떻게 행동해야 할지 막막할 때가 있다. 그럴 땐 모든 걸 내려놓고 인정하는 게 오히려 속 편하다!

하지만 죄다 털어놓지 않는다면 어떤 일이 벌어질까? 또는 누굴 믿어야 할지 모르겠다면?

계속 망설이면서 핸드폰을 꽉 움켜쥐고 있는데 엄마가 내 방에 들어왔다.

"좀 전에 너희 담임 선생님으로부터 메일 받았어. 내일 학부모 회의를 소집한다는구나."

그제야 나는 내 노트북이 책상 위에 없다는 사실을 깨달았다. 엄마는 컴퓨터가 없어서 내 노트북을 같이 쓴다.

엄마가 침대 가장자리에 걸터앉았다.

"너희 반 여자애가 인터넷에 퍼진 사진 한 장 때문에 자살을 기도했다는 게 사실이니?"

나는 천천히 몸을 일으켜 베개에 기대앉았다.

엄마가 걱정스러운 눈으로 나를 쳐다봤다. 다크 서클이 평소보다 더 심해진 것 같다.

"대체 무슨 사진인데 그 애가 그렇게까지 한 거니?"

나는 뭔가 말을 하려고 했지만, 할 말이 생각나지 않았다.

"불쌍한 애 같으니. 그 애랑 부모님이 어떤 심정일지 상상도 되지 않는구나."

입을 열었지만 아무 소리도 나오지 않았다. 내가 말하기 싫어하는 거라고 생각했는지 갑자기 엄마 목소리가 날카로워졌다.

"넌 대체 왜 엄마랑 말을 안 하는 거니? 그 여학생 말이야… 네가 이럴 정도의 일인 거니?!"

진실을 털어놓기에는 너무 좋지 않은 타이밍이다.

"내가 말할 땐 그 망할 핸드폰 좀 그만 봐! 그리고 대답 좀 해!"

하지만 내가 무슨 말을 하겠는가? 엄마는 대체 무슨 말을 듣고 싶은 걸까?

"몰라요."

나는 겨우 한 마디 내뱉고 핸드폰을 이불 속으로 집어넣었다.

"모른다고? 그게 전부니?"

"처음엔 걔가 병원에 있다고만 들었어요."

"왜 병원에 갔는지는 안 물어봤고?"

엄마가 눈을 치켜뜨며 말을 이었다.

"엄마도 너희한테 무슨 일이 있는지 알고 싶을 때가 있어… 내가 너였다면 병원에 왜 갔는지 정도는 물어봤을 텐데. 너한테는 별 상관없는 일인 거니?"

나는 마치 최면에라도 걸린 듯 매니큐어가 칠해진 엄마의 손톱을 멍하니 보면서 '맹장염'이란 단어를 말하려고 했다.

하지만 너무 늦었다. 엄마는 내 대답을 더 이상 기다리지 않고 화가 나서 문을 쾅 닫고 나가버렸다. 문에 걸어놓은 옷걸이가 흔들리며 덜거덕거렸다.

오늘 밤은 잠을 못 잘 것 같다. 알렉스가 보낸 문자를 답장도 하지 않고 지워버려서 더더욱.

## 11

# 네 잘못이 아니야

다음 날 1교시에 브링크만 선생님이 학교의 새로운 방침을 알려주셨다.

"오늘부터 교내에서 핸드폰 사용은 금지다."

"원래 금지였는데 뭐가 달라진 거죠?" 리키가 날카롭게 물었다.

리키는 오늘도 내 옆자리에 앉았다. 리키의 샴푸 냄새를 맡으며 리키가 내 옆에 있다는 것만으로도 몸이 긴장되었다.

"앞으로는," 브링크만 선생님이 말했다. "누구든지 교내에서 핸드폰을 사용하는 게 목격되면, 부모님을 모셔 와서 교장선생님을 뵈어야 한다. 그러지 않으면 바로 정학을 당하거나 최악의 경우 퇴학도 당할 수 있다."

링고가 의자 끝에 걸터앉아 몸을 앞뒤로 흔들며 투덜거렸다. 링고가 아니더라도 이런 정책을 반기는 사람은 없을 것이다. 집게 손가락을 치켜들고 말하는 브링크만 선생님을 누군가 사진으로 찍었지만, 선생님은 그걸 눈치채지 못했다. 선생님의 사진은 벌써 반 채팅방에 올라왔다.

나는 오전 내내 나와 눈을 마주치지 않는 알렉스를 곁눈질로 쳐다봤다. 알렉스의 얼굴은 매우 창백했고, 눈이 퀭한 걸 보니 나처럼 어젯밤 잠을 설친 것 같았다.

수업 도중에 알렉스가 스피커로 교장선생님의 호출을 받았을 때 반 아이들 모두 알렉스가 나가는 모습을 숨죽여 지켜봤다. 내가 안나의 사진을 올린 지 5일째. 분위기는 완전히 바뀌었고, 대부분의 아이들이 알렉스로부터 등을 돌렸다. 엘자조차 비난하듯 고개를 저었다. 오롯이 알렉스만 바라보던 엘자의 열정은 어디로 갔는지 찾아볼 수 없다. 더블D는 알렉스한테 벌어진 일을 기회 삼아 그 패거리를 떠났다.

쉬는 시간이 지나도 알렉스는 교실로 돌아오지 않았다. 다음 교시가 끝나고 쉬는 시간에도 역시 돌아오지 않았다. 교장선생님과 그렇게 긴 시간 동안 얘기할 게 뭐 그리 많은지 궁금했다.

알렉스가 없는 빈 책상에는 사인펜으로 크고 진하게 '알렉스, 이 나쁜 놈'이라고 쓰여 있었다. 누가 썼는지 금방 알 수 있었다. 리키다. 리키가 나한테 사과 하나를 건넸지만, 난 뭔가를 먹을 기분이 아니어서 거절했다.

이 모든 상황을 내가 자초했다는 사실이 정말 못 견디게 괴로웠다. 내가 싫었다. 양심의 가책에 너무 괴로워서 화장실로 향했다. 화장실에서는 파올로와 더블D가 알렉스에 대해 험담을 하고 있었다.

상황은 점점 더 나빠지고 있었다. 쉬는 시간에 알렉스의 스쿠터가 바닥에 널브러져 있고 그 주위를 덩치 큰 학생들이 둘러싸고 있는 걸 봤다. 누군가 스쿠터의 사이드 미러를 부수고 스쿠터 전체에 분홍색 페인트를 들이부었다. 핸들에는 빈 양동이가 씌워져 있었다. 그리고 몇몇 학생들은 핸드폰으로 사진을 찍었다.

더 이상 미룰 수는 없다. 그 녀석들이 알렉스의 스쿠터가 아니라 알렉스한테 해를 입히기 전에 뭔가를 해야겠다는 생각이 들었다. 나는 교장실로 가려고 계단을 급히 뛰어 올라갔다.

"저, 교장선생님 만나야 해요!"

내가 숨을 몰아쉬며 말하자, 교장실 비서가 귀찮다는 표정을 지으며 안경테 너머로 나를 쳐다봤다.

"지금은 안 돼."

"중요한 일이라고요!" 나는 비서 책상 위로 몸을 숙이며 말했다. "안나 일이에요."

관심 없다는 듯 비서가 고개를 저었다.

"지금은 들어갈 수 없어. 이야기 중이시거든."

"아직도 알렉스랑 있는 건가요?"

"무슨 말이니?" 비서가 놀란 듯 나를 쳐다보며 물었다. "알렉스는 교실로 돌아간 지 한참 됐어."

나는 어안이 벙벙한 채 복도로 다시 나왔다. 그럼 알렉스는 어디로 간 거지?

상담선생님이 떠올랐다. 나는 바로 상담실로 향했다. 알렉스가 분명 베아테 선생님께 모든 일을 털어놓는 중일 거라고 확신했다. 어찌 됐든 좋다. 오히려 그런 상황이라면 알렉스한테 모든 진실을 털어놓고 책임을 인정할 때 선생님이 옆에서 힘이 되어줄지도 모르니까. 내가 아는 베아테 선생님이라면 분명 나를 책망하지도 비난하지도 않을 것이고, 그저 다음에 뭘 해야 할지만을 알려주실 것이다.

하지만 놀랍게도 알렉스는 없었고, 리키가 둥근 상담 테이블 앞에 앉아 있었다.

"다음에 다시 올래?"

베아테 선생님 앞에 놓인 파란색 찻잔에서 김이 모락모락 나고 있었다.

"그러죠." 리키가 자리에서 일어섰다. "안 그래도 가려고 했는걸요."

베아테 선생님이 들어오라고 하기도 전에 리키가 나를 안으로 밀었다. 리키는 분명 선생님께 알렉스 욕을 했을 것이다.

선생님 얼굴을 보면서 나는 무슨 말부터 꺼내야 할지 알 수 없었다.

베아테 선생님은 내 혼란한 정신 상태를 금방 알아차렸다.

"알렉스랑 친한 걸로 아는데, 맞니? 네가 이 일을 심각하게 받아들이는 건 당연하단다."

"그게 아니에요."

"무슨 말이니?"

공감할 준비가 되었다는 듯 베아테 선생님이 안경 너머로 나를 쳐다봤다.

"일단 이리 와서 앉으렴."

"그 사진 말이에요."

일단 입을 열긴 했지만 금세 말문이 막혔다. 느릿느릿 나는 겨우 의자에 앉았다. 선생님 앞에 놓인 찻잔에서 계피 향이 풍겼다. 상담실에 들어올 때의 용기는 어디 가고 점점 위축되는 게 느껴졌다.

"조쉬, 그 사진은 모두가 알고 있잖아. 네가 걱정하지 않아도 돼. 네 잘못이 아니니까."

나는 창밖을 봤다. 맞은편 아파트에서 어떤 여자가 발코니에 나와 베개를 털고 있었다. 빨간색 목욕 가운을 입은 채. 그 여자의 움직임을 멍하니 보고 있는데 슬슬 두려움이 밀려오기 시작했다. 내가 모든 걸 털어놓고 나면 어떤 일이 일어날지 상상이 되었다. 알렉스는 나를 절대 용서하지 않고, 리키는 나한테 단 한 마디도 말 걸지 않고, 안나는 나를 영원히 저주할 것이다. 그리고 나는 학교에서 퇴학당할 것이고 엄마는 모든 걸 알고 몸져누울 것이다. 나는 수갑이 채워져서는 소년원에 들어가 나무 인형을 조각하게 될 것이다.

"너희들 모두 마음이 많이 혼란스러운 것 같구나."

베아테 선생님의 부드러운 목소리에 정신이 들었다.

"이해해. 알렉스가 정말 그 사진을 퍼뜨렸다면 그 결과에 대해 지금쯤 확실히 인식하고 있겠지."

나는 아무 말도 할 수 없었다. 마치 묵언 수행이라도 하는 수도사처럼. 지금 내가 말하지 않는 한 아무도 모를 것이다.

"말도 안 된다고 생각할 수도 있겠지만, 지금 알렉스에겐 네가 많이 필요할 거야."

선생님이 나한테 부드럽게 미소를 지어 보였다.

"알렉스와 친한 너마저 다른 애들처럼 등을 돌려버리면 안 된다고 생각해."

그날 밤, 나는 욕실에 들어가 약 보관함을 열었다. 엄마가 이렇게나 많은 약을 사둔 줄은 몰랐다. 나는 아무 약병이나 집어 들고 작고 빨간 캡슐을 손바닥에 쏟아봤다. 안나가 이 많은 알약을 어떻게 삼켰을지 상상조차 되지 않았다.

그때 바지 주머니에서 진동이 울렸다.

**너희 집 앞이야. 내려와. 헬멧도 가져오고. 알렉스가**

12

# 진실의 시간

알렉스의 망가진 스쿠터를 보자 마음이 아팠다. 알렉스가 열심히 스쿠터를 닦아내고 있었지만 분홍색 얼룩을 없애기엔 역부족인 모양이었다.

알렉스는 나를 태우고 오래된 시립 영화관으로 갔다. 거기서 우리는 늘 하던 것처럼 옥상으로 몰래 올라갔다. 알렉스는 환기구가 있는 기둥에 기대어 다리를 꼬고 앉았다. 나는 맞은편에 있는 녹슨 철 기둥에 기대앉았다. 여름밤의 부드러운 바람이 머리칼을 스치고 지나갔다.

나는 잔뜩 긴장한 채 오래된 네온사인 간판 뒷면을 뚫어져라 쳐다봤다. 간판에 있는 글자 중 몇 글자는 떨어져 나갔고, 몇 글자는 깜박이고 있었다. 왠지 모르게 기분이 가라앉았다. 결국 이렇게 우리 둘이 만나게 되었다. 둘 말고는 아무도 없다. 지금이 바로 진실을 말할 기회다. 너무 오래 끌었다. 포스팅을 한 바로 그날 말했어야 했다. 그랬다면 안나한테 아무 일도 일어나지 않았을 것이다.

알렉스가 가방에서 맥주 캔 두 개를 꺼냈다.[독일에서는 16세가 되면 알코올 함량이 낮은 맥주나 와인을 마실 수 있다.] 그중 하나는 나한테 건네고, 자기 것은 바로 따서 꿀꺽꿀꺽 마셨다.

맥주를 마신 알렉스가 침묵을 깨고 말했다.

"넌 내가 안나 사진을 올리지 않았다는 걸 알 거야."

알렉스가 나한테 몇 주 만에 처음 꺼낸 말이다.

나는 천천히 고개를 끄덕였다.

"좋아."

알렉스가 천천히 맥주 캔 가장자리를 손가락으로 훑으며 말을 이었다.

"너만큼 날 잘 아는 사람은 없어, 조쉬. 너도 알지? 내가 널 얼마나 대단하다고 생각하는지. 뭐든 편견 없이 보는 너의 그 눈빛. 넌 어떤 것에도 흔들리지 않잖아. 넌 진실이 뭔지 알지. 그리고 불편한 진실이라 하더라도 진실이라면 말할 사람이고."

나는 어깨를 움츠렸다. 차마 알렉스의 눈을 똑바로 쳐다볼 수 없었다.

"그래서 우리가 여기 앉아 있는 거야. 넌 진실을 알아. 우리 둘 다 그 일을 꾸민 사람이 누군지 알지."

알렉스는 확신하고 있었다. 더 이상 거짓말을 하는 건 아닌 것 같다.

"어떻게 알아냈어?"

알렉스가 캔을 바닥에 내려놓고 쓴웃음을 지었다.

"쉬워. 스스로 질문했지. 조쉬라면 내 상황에서 어떻게 했을까? 그렇게 생각하고 나니 내 계정을 해킹 할 만한 사람이 누가 있는지 아주 냉정하게 추측이 되더라구. 나한테 상처 받고 날 혐오하는 사람이겠지."

알렉스가 나를 보고 씩 웃었다.

"용의자가 꽤 좁혀지더군. 넌 모르겠어?"

나는 한숨을 쉬었다.

"일단 혐오란 단어는 좀 심한 것 같다. 실망한 사람이라고 하자."

"실망?" 알렉스가 천천히 되물었다. "넌 언제나 핵심을 찔러, 조쉬. 샤이엔이 그 일의 중심에 있다는 걸 언제 알았어?"

하마터면 손에 쥐고 있던 캔을 떨어뜨릴 뻔했다.

"아, 뭐… 뭘?"

알렉스가 코로 거친 숨을 내뿜으며 말했다.

"네가 무슨 말 하려는지 알아. 샤이엔은 진짜 나쁜 애야. 복수하는 방법이 진짜 세련되지 못했어."

나는 놀라서 알렉스가 단숨에 맥주를 벌컥벌컥 들이켜는 걸 바라봤다.

"하지만 너도 걔가 그런 짓을 한 진짜 이유는 모를 거야."

알렉스가 다 마신 캔을 구겼다.

"지난번에 나랑 카일 해변 갔을 때 샤이엔과 나 사이에 있었던 일 말해줬지? 그게 전부가 아니야."

내 캔을 따려는데 거품이 튀어 올라 손과 청바지에 묻었다.

"파티에서 샤이엔하고 놀았다는 얘기 해줬던 거 기억나? 그 뒤로 샤이엔이 나한테 반했다고 고백했었어."

갑자기 화가 나는지 알렉스가 구겨진 캔을 내팽개쳤다.

"난 퇴짜 놨지." 알렉스가 경멸스럽다는 표정으로 말을 이었다. "물론 되도록 기분 상하지 않게 말했어. 하지만 샤이엔은 자기가 원하는 걸 손에 넣지 못하면 극단적인 방법을 쓰곤 해. 샤이엔은 몇 주 동안이나 스마트챗으로 사진들을 보내왔어."

"무슨 사진?"

"나랑 샤이엔은 그날 밤 아무 일도 없었어. 잠깐 포옹만 했는데, 내가 취해서 정신 못 차리고 있는 동안 그 망할 애가 마치 무슨 일이 있었던 것처럼 연출해서 사진을 찍은 거지."

생각이 복잡해지는 듯 알렉스가 눈썹을 치켜세웠다.

"그 사진들을 갖고 날 계속 협박했어. 샤이엔은 우리가 커플이 못 된다면 모든 걸 인터넷에 퍼뜨리겠다고 했지. 믿어져?"

사실 그리 놀랍지는 않았다. 샤이엔이라면 충분히 그러고도 남을 것 같다. 샤이엔의 좋은 면은 본 적이 없으니까. 오히려 내가 놀란 건, 알렉스가 나를 전혀 의심하지 않는다는 것이다.

알렉스가 어이없다는 듯 웃으며 말했다.

"네가 생각해도 어이가 없지? 난 더 이상 가만히 있을 수 없었어. 그날 샤이엔 집으로 가서 정말 크게 싸웠는데, 샤이엔 아빠가 그걸 다 듣고 계셨지 뭐야. 샤이엔 아빠는 머리끝까지 화가 나서 샤이엔의 뺨을 후려치고 샤이엔의 핸드폰을 벽에 던져 부숴버렸어. 그때부터 샤이엔이 날 싫어하기 시작한 거야."

알렉스가 가방에서 맥주 한 캔을 더 꺼냈다.

"이번 사건도 샤이엔의 복수라는 건 의심의 여지가 없어. 안나 사진 밑에 단 글을 보면 완전히 샤이엔 말투야. 나를 끝장내버리려고 한 거지. 비밀번호가 야옹이란 걸 알아내는 것도 그리 어렵지 않잖아, 안 그래?"

아직 자백하기에 늦지 않았다. 하지만 맥주를 마셨더니 더 바짝 긴장이 되었다. 무슨 말부터 해야 할지 허둥대고 있는데, 알렉스가 내 옆에 와 앉았다.

"그래도 내 얘기를 들어주는 사람은 조쉬 너뿐이야." 알렉스가 서글픈 눈빛으로 나를 쳐다봤다. "최근에 사이가 좀 서먹해지긴 했지만 말이야."

알렉스도 느끼긴 했었나 보다.

"그런데 우리가 왜 그렇게 됐지?" 내가 물었다.

"그러게." 그러고는 알렉스가 화제를 바꿨다. "오늘 교장선생님이 나한테 경찰을 부를 거라고 하셨어. 그래서 난 달아날 수밖에 없었지. 이제 더 이상 학교에 있을 수가 없어."

"그런데 스쿠터는 왜 두고 간 거야?"

"그래야 사람들이 내가 아직 학교에 있다고 생각할 거 아냐."

알렉스가 쓴웃음을 지었다. "하지만 별로 좋은 아이디어는 아니었어. 샤이엔이 페인트를 잔뜩 칠해놨잖아."

"샤이엔이 한 걸 어떻게 알았어?"

"딱 보면 알지! 분홍색은 핑크 레이디스, 안 그래?"

그러고는 알렉스가 내 어깨에 팔을 둘렀다.

"나 좀 도와줄래?"

나는 침을 꿀꺽 삼켰다. 뭐지?

"뭔데?"

"두 가지만 부탁할게. 먼저 샤이엔 좀 떠봐줄래? 어쩌면 샤이엔이 너한테 모든 걸 털어놓을 수도 있잖아."

나는 움찔했다.

"어떻게? 나하곤 말을 안 하는데."

"모르는 척하긴. 샤이엔하고 우연히 마주치면 말을 걸고, 관심 있다는 듯 행동하면서 술을 마시게 해. 어떻게 할지 알잖아."

"너, 미쳤구나! 그래도 안 될걸."

"제발, 조쉬! 네가 내 마지막 희망이야. 어딜 가면 샤이엔하고 마주칠 수 있을지도 생각해놨어. 쇼핑센터 안에 있는 아이스카페 알지? 거기가 샤이엔 이모네 가게야. 그래서 걔네 패거리가 거기서 자주 모여."

나는 조용히 한숨을 쉬었다.

"그래, 한번 생각해볼게. 두 번째 부탁은 뭐야?"

알렉스가 머리를 긁적이며 말했다.

“이건 사실 좀 어려운 부탁일 수 있는데… 리키한테 내 얘기 좀 해줄래?”

나는 깜짝 놀라서 알렉스를 쳐다봤다.

“네 얘기?”

“내가 너한테 한 얘기 전부 다. 난 지금 리키가 날 어느 정도로 싫어하고 있는지 몰라서 조심스럽거든. 내 결백을 리키한테 말해줬으면 해. 나한테 무엇보다 중요한 일이야. 내가 볼 때 지금 너랑 리키 사이는 꽤 괜찮은 것 같으니까.”

알렉스가 내 손을 잡았다.

“제발, 조쉬, 도와줘.”

리키가 알렉스에 대해 뭐라고 말했는지 떠올리자 다시 괴로워졌다.

“그래.” 나는 마지못해 대답했다. “리키한테 얘기해볼게.”

알렉스는 이제야 마음이 놓인 듯했다.

“고마워, 조쉬. 네가 끝까지 믿을 만한 친구란 거, 전부터 알고 있었어.”

이번에도 나는 진실을 털어놓을 기회를 놓쳤다. 나는 남은 맥주를 들이켰다. 김빠진 맥주는 미지근했다.

## 13

# 학부모회의

뭐 먹을 만한 게 없나 하고 냉장고 앞에 서 있는데, 그때 엄마가 학부모회의에서 돌아왔다. 엄마는 코트와 모자를 벗지도 않은 채 나한테 와서 해명을 요구했다.

"말해봐, 이 사진… 이 사진 너도 봤지, 그렇지?"

나는 유통기한이 지난 우유 팩을 들고 냄새를 맡아봤다.

"넌 이미 알고 있었어. 이 애 사진…."

"전혀 몰랐어요."

나는 엄마가 더 질문하지 못하게 말을 가로막았다.

안나에 대한 이야기를 하기 싫어서가 아니다. 그저 어젯밤 말다툼을 한 뒤로는 더 이상 엄마의 '도저히 널 이해할 수 없어' 식의 논리를 듣기 싫을 뿐이다. 엄마랑 대화하다 보면 결국엔 내 핸드폰의 '스마트챗' 폴더에 그와 비슷한 야한 사진이 여러 장 있다는 걸 설명하게 될 게 뻔하다. 그중 많은 사진은 페기의 것이니… 하랄드 아저씨가 그 사실을 알면 나를 죽이려 들 것이다. 내가 보내라고 한 것도 아닌데 말이다.

우유가 상한 것 같아 설거지통에 붓고 우유 팩은 쓰레기통에 버렸다.

엄마는 나한테서 잠시도 눈을 떼지 않았다.

"슈퇴르머 선생님 말로는 그 사진이 반 전체에 퍼졌다던데. 그렇다면 모든 남학생 핸드폰에 그 사진이 들어가 있단 말이잖아."

나는 말이 끝나자마자 바지 주머니에서 핸드폰을 꺼내 엄마한테 내밀었다.

"못 믿겠으면 직접 보면 되잖아요."

나는 엄마가 기계를 잘 다룰 줄 모른다는 점을 이용해 허세를 부렸다.

"알았어, 알았어. 네 말 믿을게."

헤어 스타일링이 실패한 날에만 쓰는 모자를 벗으며 엄마가 말을 이었다.

"하지만 알렉스는…"

나는 찬장을 열었다. 밀가루, 설탕, 식초뿐이다. 그리고 옆에는 좀나방이 비틀거리며 기어 다니고 있다.

"알렉스는 네 친구잖니."

먹을 걸 찾지 못한 채 찬장 문을 쾅 하고 닫았다.

"아니요. 친구 아닌 지 오래예요."

"근데 뭘 그렇게 찾고 있니?"

"먹을 거요."

엄마가 냉동고를 열었다. 하지만 거기엔 텅 빈 얼음 틀만 있을 뿐이다.

"피자 주문해도 돼요?"

"아니. 마지막 남은 20유로를 네 학급 회비로 내버렸거든. 내일 장 봐올게."

"난 지금 배고픈데요."

엄마가 부엌에 딸린 발코니로 또각거리며 나가더니 와인 한 병을 들고 들어왔다.

"너, 그 상자에 돈 모으고 있잖아."

절대로 그 상자는 열지 않을 것이다. 엄마가 자식을 돌보는 게 정상 아닌가. 그런데 나는 반대로 엄마한테 돈을 빌려주고도 조금씩밖에 돌려받지 못하고 있다. 엄마는 그동안 나한테서 얼마나 돈을 꿔 갔는지 알지도 못하는 것 같다. 그 말을 꺼내면 또 싸우게 되겠지. 싸우기는 싫다.

"그리고 너희들 수련회 일정을 그대로 진행할지 여부도 오늘 정했다."

엄마가 유리잔을 꺼내며 말을 이었다.

"교장선생님은 반대하셨지. 하지만 걱정 마. 슈퇴르머 선생님이 핸드폰을 집에 두고 간다는 조건으로 진행하자고 주장하신 덕에 통과됐으니까."

엄마가 잔에 천천히 와인을 따랐고, 와인 위에는 코르크마개

부스러기가 둥둥 떠다녔다.

"난 아직도 알렉스가 그 불쌍한 여학생한테 한 짓을 믿을 수가 없구나."

엄마가 외투를 벗어서 의자 등받이에 걸쳐놓으며 말을 이었다.

"너도 오늘 알렉스 아빠를 봤어야 하는데… 그 아저씨는 자기 아들이 완전 무죄라고 생각하더라. 막 소리 지르고 변호사를 데려와 위협도 했어. 아무래도 학교를 고소할 작정인 것 같아."

"학교가 무슨 상관이 있는데요?"

"그 아저씨가 말하길, 학교가 자기 아들을 충분히 보호해주지 못했다는 거야. 누군가 알렉스의 스쿠터를 훼손했고 알렉스는 이미 반에서 왕따를 당하고 있다는 거지. 자기 아들을 어쩜 그렇게 모를 수가 있니. 세상에, 자기 아들이 오히려 피해자라니."

엄마가 단숨에 잔을 비웠다.

"들어봐. 엄마는 네가 알렉스랑 어울리지 않으면 좋겠어. 알렉스랑 엮이지 않길 바란다는 말이야. 알겠니?"

## 14

# 독사와의 대화

알렉스가 학교에 더 이상 나오지 않는 게 이상한 일은 아니었다. 슈퇴르머 선생님이 알렉스가 수업에 나오지 않아도 되는 상황이라고 알려주셨다. 상황이 모두 정리될 때까지 말이다. 하지만 나는 잘 안다. 알렉스는 그저 더 이상 학교 사람들과 어울리고 싶지 않고 모욕 받고 싶지 않아서 자발적으로 학교에 나오지 않는다는 사실을. 알렉스가 뭘 하며 시간을 보내는지 누가 알겠는가. 아마 자기 야옹이를 원상태로 되돌려놓는 데 시간을 보내고 있을 가능성이 크다.

알렉스는 학교에 나오지 않지만 마치 같이 있는 것 같다. 다들 알렉스 이야기를 하고 있어서이기도 하지만, 핸드폰에서도 계속해서 알렉스 사진이 올라오고 있기 때문이다. 대부분은 카일 해변에서의 생일 파티 사진이고, 사진 밑에는 심한 댓글들이 달려 있다. 뿐만 아니라 정말 보기만 해도 불쾌하게 짜깁기한 사진에

다 움짤까지 올라온다. 알렉스의 '친구'였던 애들은 마치 언제 친구였냐는 듯 알렉스를 욕하고 있다. 다행히 슈퇴르머 선생님이 반 채팅방 이용을 금지했고, 엘자의 도움으로 채팅방은 삭제됐다. 하지만 삭제되는 족족 다시 새로운 채팅방이 생겨났다. 이름만 바꿔서.

한참 후에 카일 해변이 아닌 다른 곳에서 찍힌 새로운 알렉스의 사진이 올라왔다. 그 사진은 정말 그보다 더 최악일 수가 없는 수준인데, 사진 속 알렉스의 눈동자는 텅 비어 있고, 바지도 입고 있지 않았다.

나는 누가 이런 사진을 퍼뜨리는지 알 것 같았다.

쉬는 시간에 샤이엔한테 갔다. 핑크 레이디스 애들이 나를 깔보는 눈빛으로 훑어봤다. 하지만 샤이엔은 나를 쳐다보지도 않고 인조 손톱 다듬는 데 열중했다.

"시간 좀 내줄래?"

샤이엔한테 말을 건 것은 이번이 처음이다.

"약속했었나?"

샤이엔이 여전히 나를 쳐다보지도 않은 채 물었다.

나는 헛기침을 한 번 하고 말했다.

"알렉스 얘기야."

"나, 바빠."

"둘이서만 얘기 좀 할 수 없을까?"

샤이엔이 한숨을 쉬며 말했다.

"우리 핑크 레이디스 사이엔 비밀이 없어야 해서, 안 돼."

나는 짙은 화장을 한 샤이엔 패거리의 얼굴을 훑어봤다. 어떻게든 어른처럼 보이려고 안달이 난 애들이다. 하지만 내 눈엔 어떻게 봐도 사춘기 애들이 얼굴에 알록달록, 덕지덕지 색칠한 걸로밖에 보이지 않았다.

나는 바로 본론을 꺼냈다.

"알렉스 사진 퍼뜨리는 것 좀 그만해."

"무슨 사진?"

샤이엔은 무슨 말인지 전혀 모르겠다는 표정이었다. 샤이엔의 표정 연기는 패거리가 킥킥대는 멍청한 웃음소리만큼이나 나를 화나게 했다.

"작년 파티에서 네가 찍은 알렉스 사진들 말이야. 기억 안 나?"

순간 샤이엔이 움찔하더니 다시 태연한 태도로 돌아왔다.

"무슨 말 하는지 하나도 모르겠네."

샤이엔이 손을 휘휘 저으며 마치 성가시게 하는 파리 쫓는 시늉을 했다.

"불빛 좀 가리지 말아줄래? 손톱이 잘 안 보이거든."

"난 다 알고 있어. 그 사진 얘기부터 너희들의 그 담력 테스트니 뭐니 하는 것까지, 모두 다."

"그렇구나."

샤이엔이 내 자리에서 의심스러운 눈초리로 이쪽을 관찰하고 있는 리키를 흘끗 봤다. 그런 뒤 차갑게 미소 지으며 내뱉었다.

"그렇다면 내 적이 되면 안 좋을 거라는 것도 잘 알겠네."

샤이엔의 기고만장함이 그 애의 향수 냄새만큼이나 역겨웠다. 나는 당장 내 자리로 돌아가고 싶었지만 아직 할 말이 남았다.

"잘 들어, 샤이엔. 한 가지만 해. 알렉스 사진들 지워!"

"네가 왜 나서는 건데?"

샤이엔이 염색한 곱슬머리를 뒤로 넘기며 말을 이었다.

"알렉스는 수녀 사진을 아무렇지 않게 올리고 나쁜 말까지 썼잖아. 근데 알렉스 사진은 아무도 그렇게 하면 안 된다는 거니? 대체 왜 못 하게 하는 거야? 심지어 알렉스 사진은 잘 나오기까지 했어."

"그런 얘기가 아니야. 알렉스가 얼마나 난처한 상황인지 너도 알잖아. 더 이상 가십거리가 될 순 없어. 너, 계속 그러다간 큰 코다칠 거야."

"방금 그거 협박이니?" 샤이엔이 팔짱을 끼며 물었다. "알렉스가 모든 걸 너한테 다 말해줬다면, 그 연출된 사진들이 다 없어졌다는 것도 알고 있을 텐데."

샤이엔이 아무것도 없다는 듯 두 손바닥을 활짝 펴고 불쌍한 고양이 같은 눈빛으로 나를 쳐다봤다.

"그러니 난 올리고 싶어도 올릴 사진이 없지. 그렇지 않겠어?"

"그전에 이미 다른 애들한테 공유했겠지. 아니면 클라우드에 미리 저장해뒀거나."

내가 더 이상 아는 게 없다는 걸 확인하자, 샤이엔은 이제 즐기는 표정이 되었다.

“내가 뭐하러 그렇게까지 하겠어?”

“그거야 샤이엔 너만 알겠지.”

물론 나는 샤이엔이 왜 그러는지 안다. 샤이엔은 알렉스를 협박할 수 있는 카드를 포기하기 싫은 것이다.

“어쨌든 더 이상 알렉스 사진 퍼뜨리지 마, 알았어? 그만두라고!”

“얘기 끝.”

샤이엔이 화장품 파우치에서 작은 향수병을 꺼내서 내 쪽으로 분사했다.

“이제 가. 쉿, 쉿, 그만!”

샤이엔 패거리가 킥킥거렸다. 향수 냄새가 역겨웠다. 나는 힘이 쭉 빠졌다. 저 독사와의 대화는 별다른 성과가 없었다. 결국 샤이엔의 적만 되었을 뿐이다.

“아무튼 사진 지워.”

내가 힘없이 마지막 말을 내뱉고 몸을 돌리려는데, 샤이엔이 리키를 턱으로 가리키며 말했다.

“아, 우리의 귀엽고 아름다운 스페인 아가씨가 널 좋아하지, 맞지?”

나는 말없이 그냥 돌아서서 갔다. 이 못된 계집애는 남의 약점을 잡아내는 촉이 있는 게 분명하다. 나는 화가 난 채로 내 자리로 가서 앉았다.

리키가 나를 쳐다봤다.

"무슨 얘기 했어?"

리키가 알고 싶어 한다.

"알렉스 얘기."

리키가 잠시 눈을 부릅떴다가 다시 평소처럼 뜨고는 물었다.

"병원에 한 번 더 같이 가지 않을래?"

# 살얼음판 위에서

전철에서 리키가 내 옆자리에 앉았다. 리키는 운동복을 입고 흰색 운동화를 신고 있었다. 전철이 오른쪽으로 기울 때마다 리키와 나의 몸이 조금씩 닿았다. 리키도 나만큼이나 우리 몸이 닿은 걸 느끼고 있을까?

머릿속에서 알렉스의 두 번째 부탁이 계속 떠올랐다.

나는 가슴에 손을 얹고 생각했다. 정말로 리키한테 알렉스를 대신 변호해주고 그 둘의 사이가 다시 좋아지기를 바라고 있는가? 사실 아니다. 그렇지만 알렉스한테 이미 충분히 골탕을 먹일 만큼 먹였다.

"알렉스 말인데…."

내가 알렉스의 이름을 꺼내자마자 리키가 미간을 찌푸렸다.

"왜?"

"알렉스랑 약속한 게 있어서."

"아직도 알렉스랑 어울리니?"

리키가 경멸스럽다는 듯이 말했다.

리키를 화나게 하고 싶진 않다. 특히 나 때문에 화나는 건 더더욱 싫다.

"친구잖아."

나는 기어들어 가는 목소리로 말했다. 뭐, 아주 사실이라고 할 순 없지만.

"진심이니? 어떻게 그 나쁜 놈을 아직도 친구라고 말할 수 있어?"

순간 리키가 한 뼘쯤 옆으로 물러나더니 마치 칸막이라도 만들 듯 우리 둘 사이에 가방을 놓았다.

"이해가 안 돼, 조쉬."

"알렉스가 친구로서 나한테 도움을 요청한다면 난 기꺼이 들어줄 생각이야."

나는 왠지 모를 죄책감을 느끼며 말했다. 하지만 내 말을 리키가 오해할 수도 있다. 나는 숨을 크게 들이쉬고 다시 말했다.

"알렉스가 자기는 안나 사진과 아무 관련 없다고 내 앞에서 맹세했어."

"아, 그래? 넌 그 말도 안 되는 소리를 믿는다는 거지?"

"응. 난 알렉스를 믿어."

"그러니까 어떤 대단한 해커가 자기를 곤경에 빠트렸다는 말도 안 되는 소릴 믿는다고?"

"알렉스는 거짓말을 하지 않아."

리키가 팔짱을 끼고 싸움꾼 눈빛으로 나를 쳐다봤다.

"그럼 걔가 말하는 해커는 대체 누굴까?"

리키의 목소리는 꼭 비꼬는 것 같았다. 뭐라고 말해야 할까?

"알렉스는 샤이엔이라고 생각하고 있어."

리키가 뭔가를 생각하는 표정으로 나를 쳐다봤다.

"그래서 네가 갑자기 샤이엔하고 안 하던 대화를 한 거구나."

"그래. 하지만 별 의미는 없었던 것 같아."

리키가 더 이상 아무 말을 하지 않아서 나도 가만히 있었다.

안나가 있는 병원까지 세 정거장이나 남았는데, 갑자기 리키가 내렸다. 나는 영문도 모른 채 따라 내렸다.

역에서 거리로 나오자 리키가 왜 갑자기 내렸는지 설명해줬다.

"방금 탄 두 사람이 검표원 같아서 내렸어."

"그게 왜? 월 정기권을 안 갖고 왔어?"

"뭐, 그렇지."

그러고는 리키가 다시 말을 멈췄다.

침묵 속 비난이 느껴졌다. 우리 엄마는 내가 맘에 들지 않을 때, 아무 말도 안 함으로써 나를 무시하곤 한다. 물론 그럴 땐 나도 엄마를 무시하지만. 그래서 엄마랑은 이런 종류의 침묵이 익숙하다. 하지만 리키는 다르다. 기분이 안 좋다. 리키와 사이가 틀어지는 것 같아 너무 괴롭다. 몸도 아픈 것 같다.

나는 이런 분위기에 뭘 해야 좋을지 열심히 생각했다. 그때, 리키가 갑자기 내 앞을 가로막고 서더니 손을 내 가슴에 올렸다. 나는 놀라서 가만히 서 있었다.

리키가 짙은 고동색 눈으로 내 눈을 쳐다보면서 말했다.

"너, 이제 샤이엔을 조심해야 할 거야. 듣고 있니?"

"안 그래도 조심하고 있어. 그런데 왜 경고하는 거야? 무슨 일 있어?"

"그냥."

리키는 할 말이 끝나자 다시 갈 길을 갔다.

종종 리키를 잘 모르겠다는 생각이 든다. 나는 허겁지겁 리키를 따라가 붙잡았다.

"근데 나, 가끔 너희 둘이 싸우는 걸 본 적이 있어."

"그래서?" 리키가 퉁명스럽게 되물었다.

"샤이엔하고 무슨 일이 있었는지 왜 얘기 안 하는 건데?"

그렇게 물었지만, 사실 대답을 기대한 건 아니었다.

"난 샤이엔하고 아무 문제 없어." 리키가 주저하며 다음 말을 꺼냈다. "안나가 샤이엔하고 문제가 있지."

나는 안나와 샤이엔이 무슨 연관성이 있을지 잘 상상이 되지 않았다.

"우리 반 일진이랑 일등이랑 얽힐 일이 뭐가 있지?"

"아주 간단해." 리키가 자기 가방을 끌어당기며 말했다. "안나는 집에서 용돈을 받지 않아."

"무슨 말인지 모르겠다."

"안나는 일을 하고 싶어 했고, 샤이엔의 이모네 아이스카페에서 알바를 하게 됐어. 샤이엔의 이모는 조카한테 아이스카페 관리를 맡겨뒀어. 그 아이스카페에서 일하고 싶은 사람은 누구든 샤이엔을 만나야 하는 거지. 그래서 안나는 결심했어. 일을 하려면 좋든 싫든 샤이엔하고 만나야만 했던 거야."

나는 리키가 뭔가를 숨기는 듯한 느낌을 받았다.

"에이, 그게 다가 아닐 것 같은데, 그렇지?"

리키는 빨간불인데도 말없이 횡단보도를 서둘러 건넜다. 우리는 길을 건너 병원 주차장을 가로질러 갔다. 입구의 자동문 앞에 환자들이 가운 차림으로 서성이고 있었다. 진입로에는 앰뷸런스가 주차돼 있었다.

들어가기 전에 리키가 내 팔을 붙잡았다.

"그래, 좋아. 하나 말해줄게. 샤이엔은 안나를 못 잡아먹어서 안달이야."

"이해가 안 되네. 굳이 왜?"

리키가 머리카락을 쓸어 넘기며 대답했다.

"원래 샤이엔은 딱히 이유가 없어도 그래. 걘 안나의 모든 걸 이유도 없이 싫어했어. 너무 싫어하는 나머지 안나가 수줍어하는 것도, 우등생이라는 것도 다 싫어했지. 안나는 샤이엔한테 그저 웃음거리이자 푸대접 받는 희생자일 뿐이야. 수녀라는 별명도 샤이엔이 처음 지어줬어."

"하지만 그게 이 일과 무슨 상관이야? 안나가 왜 하필이면 샤이엔한테 알바 자리를 부탁한 거야?”

“어쩌면 내 잘못인지도 몰라. 안나 사정을 알게 된 내가 샤이엔한테 안나를 적극 추천했거든. 그때 안나는 직접 돈을 벌어서 자기가 입고 싶은 옷을 마음대로 사 입고 싶다는 열망이 강했어. 난 안나한테 쇼핑을 하게 되면 같이 따라가주겠다고 약속했지.”

리키가 눈을 아래로 내리깔며 말을 이었다.

“내가 지금 하는 얘기는 다 비밀로 해줘.”

나는 고개를 끄덕였다.

“그 아이스카페에서 일하고 싶은 사람이라면 누구나 핑크 레이디스를 거쳐 가야 해. 그리고 샤이엔은 자기를 찾아온 사람한테 테스트를 시켜.”

“가게에서 물건 훔쳐 오는 거 말하는 거야?”

그러자 리키가 깜짝 놀란 표정을 지었다.

“담력 테스트라고, 말만 그렇지 결국 도둑질이지 뭐. 그런데 샤이엔은 안나한테만 도둑질 말고 다른 걸 시켰어. 더 못된 짓을….”

조금씩 퍼즐이 맞춰지는 느낌이 들었다.

“뭔데?”

“모르겠니, 조쉬? 알렉스한테 그 사진을 보내라고 시켰던 거야.”

“안나가 알렉스한테 자기 사진을 보냈던 게 샤이엔의 담력 테스트 때문이었다는 거야?”

나는 어안이 벙벙했다.

"맞아. 안나한테는 정말 해내기 힘든 일이었겠지. 너도 안나 성격 알잖아."

여전히 믿기지가 않았다.

"그럼 안나는 왜 다른 알바 자리를 찾지 않은 거야? 우등생한텐 더 쉬운 알바 자리가 있었을 텐데."

"나도 그게 궁금하긴 해. 내가 안나한테 옷 살 돈을 빌려줬더라면 안나가 그 알바를 하지 않아도 됐을 텐데 하필이면 그땐 나도 돈이 없었지 뭐야."

조금씩 이해가 되기 시작했다. 안나는 알렉스를 열렬히 사랑해서가 아니라 단지 그놈의 담력 테스트라는 걸 통과하기 위해 자기 누드 사진을 보냈고, 내가 그 담력 테스트를 완전히 망쳤을 뿐 아니라 모두에게 공개해버리는 바보 같은 짓을 한 것이다.

"이제 내가 왜 알렉스를 용서 못 하는지 알겠지? 알렉스만 아니었다면 안나는 이 망할 병원에 누워 있지 않았을 거야."

리키가 부드럽게 내 어깨에 팔을 두르고 자기 쪽으로 나를 끌어당기며 말을 이었다.

"안나한텐 내가 이런 얘길 해줬다는 걸 비밀로 하면 좋겠어. 약속하지?"

"응, 약속해." 나는 힘없는 목소리로 대답했다.

"약속만으론 안 되겠어. 맹세해!"

16

## 아빠의 새 가족

금요일 저녁에 라우엔펠트에 사는 아빠를 보러 갔다. 아빠와 나는 꽤 오래전부터 주기적으로 만나왔고, 안나의 병문안을 다녀온 이후 기분이 안 좋아질 대로 안 좋아졌지만 그것 때문에 아빠와의 만남을 취소하고 싶진 않았다. 팔에 링거 주사를 꽂고 창백한 얼굴로 누워 있는 안나를 보자 발등을 찍고 싶을 만큼 후회스러웠다. 리키까지 왠지 나를 의심하는 것 같아 더욱 괴로웠다.

이럴 땐 잠깐 기분 전환을 할 필요가 있었다.

여섯 살짜리 쌍둥이가 달려 나와 내 다리를 꼭 안아줄 때는 저절로 웃음이 나왔다. 이 애들이 나를 왜 그렇게 좋아하는지는 솔직히 이해할 수 없다. 아기 때부터 봐왔지만 특별히 잘해준 것도 없고 애들 선물 한 번 사 온 적도 없다. 그런데도 이 애들은 나를 조건 없이 좋아해준다.

"네가 와서 좋구나, 조쉬."

아스트리드 아주머니가 다소 형식적으로 나를 꼭 안았다. 형식적이라고 한 건, 아주머니가 인사할 때 몸은 뻣뻣하게 세운 채로 얼굴만 가까이 댔기 때문이다.

"아직 식사 전이면 좋겠구나. 랄레가 곧 올 거거든."

도대체 우리 아빠를 왜 랄레라고 부르는지 모르겠다. 랄프라는 이름이 별로라고 생각해서인가.

부모님 이혼 후, 나는 아빠와 2주에 한 번 주말에 만날 수 있다. 그리고 정기적으로 아빠와 여행을 갈 수 있다. 하지만 이건 규정일 뿐, 아빠는 보험회사에서 회계 담당자로 일하기 때문에 휴가 자체를 자주 갈 수가 없다. 그리고 2주에 한 번씩 보던 것도 한 달에 한 번으로 바뀌어갔다. 그러다 언제부턴가는 약속을 해야만 만날 수 있었고, 그마저도 빈도가 줄어갔다.

아빠가 워커홀릭이고 나보다는 새로운 가족에 더 관심이 많으니, 모든 게 아빠 탓이라고도 할 수 있겠지만, 꼭 그렇지만도 않다. 사실 나도 아빠를 만나는 데 그렇게 적극적이진 않기 때문이다. 쌍둥이가 더 어렸을 때는 마치 모르는 사람 집에 온 것처럼 잠깐 들렀다 가곤 했다. 당시 아스트리드 아주머니와 아빠는 자주 싸우는 눈치였는데, 아무래도 나 때문인 것만 같았다. 요즘은 그런 말다툼이 없어 보이지만, 그래도 내가 뭔가 방해가 되는 것 같다는 느낌을 지울 수 없다.

종종 아빠가 아스트리드 아주머니의 무엇에 그리 끌렸을지 상상해보곤 한다. 회색빛이 도는 금발의 가냘픈 치위생사 아주머니한테 우리 엄마에겐 없는 무언가가 있는 걸까? 아스트리드 아주머니는 친절하긴 하지만, 우리 엄마보다 더 어린 것도 아니고 더 예쁜 것도 아니다. 하지만 적어도 아주머니와 아빠가 확실히 서로를 사랑하고 있다는 건 한눈에 알 수 있다.

아빠가 나도 사랑하는지는 알 수 없다.

나는 손을 씻고 부엌으로 가서 저녁 시간을 즐기기 시작했다. 가스레인지에 있는 모든 화구에서 냄비들이 끓고 있었다. 아스트리드 아주머니가 그릇에 음식을 담는 동안 쌍둥이는 식탁을 세팅했다. 냉장고 문에는 아이들이 그린 알록달록한 그림들이 잔뜩 붙어 있다.

"소고기 굴라쉬야." 아주머니가 웃으며 말했다. "이거 네가 좋아하는 음식, 맞지?"

나는 고개를 끄덕였다.

"뭐 마실 것 좀 줄까? 오늘은 콜라를 사 왔어."

"콜라, 콜라."

쌍둥이가 연신 콜라를 외쳐대며 식탁에 있는 콜라 병을 움켜쥐려고 했다.

"아니, 너희는 안 돼."

쌍둥이는 시무룩해져서 다시 각자 자리에 앉았고, 아주머니는 나한테 음식을 푸짐하게 담은 접시를 건넸다.

굴라쉬에는 신선한 감자 퓌레와 적양배추가 들었고, 굴라쉬와 함께 샐러드가 곁들여 나왔다. 아주머니의 드레싱은 세상에서 제일 맛있다. 식탁에 앉으며 문득 아빠가 아주머니의 무엇에 끌렸는지 깨닫게 됐다. 아주머니는 아빠의 삶에 새 보금자리를 제공해준 것이다.

아스트리드 아주머니도 식탁 앞에 앉았다.

"슬슬 먼저 먹고 있자."

"아빠 안 기다려도 돼요?"

내가 머뭇거리자 아주머니가 손목시계를 보며 말했다.

"아니, 안 그래도 돼. 랄레 성격 알잖아."

한입 먹자마자 감탄사가 절로 나왔다.

"진짜 맛있어요!"

나는 너무 게걸스럽게 먹지 않으려고 노력했다. 하지만 접시는 금세 비워졌다.

"잠시만. 한 그릇 더 줄게." 아주머니가 일어섰다. "넌 너무 말랐어, 조쉬."

아주머니가 가스레인지로 갔을 때, 나는 쌍둥이가 몰래 콜라를 한 모금씩 마시게 해줬다. 쌍둥이가 킥킥거리는 바람에 아주머니가 이쪽을 쳐다봤다. 하지만 쌍둥이가 콜라를 마시는 건 보지 못했다.

"학교는 어떠니? 다닐 만해?" 아주머니가 물었다.

나는 잠시 머뭇거렸다. 아까 안나의 병문안을 갔을 때 안나 엄마가 나와 리키한테 지금까지 처음으로 병문안을 와준 친구들이라며 '진정한 친구'라고 했다는 얘길 할까? 하지만 그 말을 듣고도 전혀 기쁘지 않았다는 사실도 말할까? 안나 부모님이 알렉스를 고소하고 싶어 한다는 것과 그런 소식을 들을 때마다 심장이 멈춰버릴 것 같다는 걸 말할까? 안나가 아무런 의욕 없이 온종일 침대에 누워 허공만 바라보고 있으며 아무하고도 말을 하지 않는다는 얘기를 할까? 이 모든 상황이 다 내가 했던 그 바보 같은 장난 때문이었다는 것도 말할까? 계속 거짓말을 해야 하는 나 자신이 혐오스럽다.

아스트리드 아주머니라면 이 사건과 무관한 제삼자라서 오히려 나를 이해해줄지도 모른다. 하지만 라우엔펠트의 이 집은 아직 그렇게까지 다 털어놓을 곳은 아니라고 결론 내렸다.

나는 콜라를 집어 들며 대답했다.

"늘 똑같죠, 뭐."

"좀 힘들어 보이는구나. 에어 매트리스에 바람을 넣어줄 테니 좀 쉬다가 가렴."

에어 매트리스. 사실 내가 아빠 집에 자주 안 오는 이유 중 하나가 바로 이 에어 매트리스 때문이다. 여기는 와도 내가 잘 수 있는 방이 없다. 그렇다고 다른 데서 자자니 불편하기 짝이 없다. 거실 소파 위에 웅크리고 자거나 아니면 쌍둥이 중 한 명이 침대를 비워줘야 하는데, 그럼 푹신한 인형들 사이에 파묻혀 편히 잘 수가 없게 된다. 그래서 결국 에어 매트리스 위에서 잘 수밖에 없지만, 그다음엔 어디다 그 매트리스를 둬야 할지가 또 문제다. 거실에 두느냐, 아빠 서재에 두느냐, 아니면 세탁실에 두느냐.

“번거롭게 그러지 마세요. 오늘은 안 자고 갈 거예요.”

“그냥 간다고? 아니, 번거롭지 않아. 자동으로 공기가 주입되는 새 에어 매트리스를 샀거든.”

“아니에요, 정말로 괜찮아요. 내일 시내에서 약속이 있어요.”

정말로 약속이 있다. 리키는 다음 주 수요일에 수련회를 가기 전에 안나한테 선물을 주고 싶어 했다. 나는 리키가 선물을 고르는 데 같이 가주기로 했다. 우리가 처음으로 학교 밖에서 따로 만나는 날이다.

저녁식사를 하고 나서 나는 내가 먹은 것들을 치웠고, 그사이 아주머니는 쌍둥이의 잠자리를 봐주러 갔다. 나도 쌍둥이한테 가서 오늘은 베드타임 동화책을 읽어줬다. 쌍둥이가 큰 눈으로 나를 바라봤다.

“오늘 자고 가지 그러니?”

“저도 그러고 싶지만, 괜찮아요.”

“내일 약속 때문에 그러니? 혹시 여학생?”

“네.”

“혹시 여자친구?”

“아마도요.”

이렇게 답하면서 나도 모르게 새어나오는 웃음을 참을 수 없었다. 리키가 병원 앞에서 자기가 한 이야기를 발설하지 말라고 맹세를 받아낼 때 나한테 얼굴을 바짝 들이대고 있었는데, 그때 나는 바보 같게도 리키가 키스를 해줄 것 같다는 생각을 했었다.

그때 쌍둥이가 갑자기 소리를 지르며 침대에서 뛰쳐나갔다.

"아빠!!"

나는 아빠가 들어오는 소리를 듣지 못했다. 아빠가 나를 보고는 약간 머뭇거렸다. 나를 안아줘야 할지 어쩔지 고민이 되는 듯했다.

그러다가 아빠가 명랑하게 내 어깨에 팔을 두르면서 말했다.

"그래, 잘 지내고 있었니?"

"그럭저럭요."

나는 부엌으로 가서 아빠의 맞은편에 앉았다. 아빠가 저녁식사를 하는 동안 나는 아빠의 행동 하나하나를 살펴봤다. 내가 아빠를 꽤 닮은 것 같다는 생각이 들었다. 두상도 비슷하고, 코 모양도, 손 모양도 같다.

아빠가 음식을 천천히 씹으며 말했다.

"우리, 마지막으로 본 게 언제였지?"

"아마 4주 전쯤일걸요."

"더 되지 않았나? 6주쯤 된 것 같은데."

"그럴 수도 있고요."

"너, 오늘은 그냥 간다고 했다며?"

"네. 내일 아침 일찍 약속이 있어서요."

아주머니는 어느새 텔레비전 앞 소파에서 잠이 들어 있었다. 한 손에는 리모컨, 한 손에는 안경을 든 채로.

식사를 마친 뒤 아빠가 차로 정류장까지 나를 데려다줬다.

"너무 늦게 들어와서 미안하구나. 하지만 너와의 약속을 잊었다고 오해하진 마. 하필이면 오늘 엄청 바빴던 것뿐이니까."

"그럼요. 괜찮아요."

"그냥 간다니 정말 아쉽구나."

"네, 저도요. 다음엔 좀 더 있다가 갈게요."

"다음엔 하룻밤 자고 가는 거다, 알았지?"

"알았어요."

"약속한 거지?"

'약속'이라니. 아빠가 아들과의 대화에서 쓰는 단어들을 보라. 문자 메시지보다도 짧은 문장으로만 대화한다는 것도 그렇고… 좀 씁쓸하다.

물론 그건 나도 마찬가지지만.

"전화드릴게요."

"그래, 전화하자."

버스 정류장에서 우리는 버스를 기다리며 잠시 같이 서 있었다.

"그냥 집까지 데려다줄게."

"아니에요. 그냥 가세요. 오늘 많이 피곤하시잖아요."

갑자기 아빠의 표정이 밝아졌다.

"맞다, 스쿠터 어떻게 됐니?"

"이제 300유로쯤 모았어요."

"정말? 그럼 어느 정도쯤 모은 거지?"

아빠가 가방에서 지갑을 꺼냈다.

"조금만 더 모으면 돼요…."

아빠가 나한테 50유로를 주면서 말했다.

"여기. 이걸로 네 꿈에 조금 더 가까워지겠지. 헬멧은 있니?"

"네. 근데 돈 안 주셔도 돼요."

"내가 주고 싶어서 그래."

운전면허 비용을 대주겠다던 말은 잊어버린 게 분명해 보인다.

"버스가 오는구나. 다음에 보자."

"다음에 봬요."

17

## 불편한 만남 1

월요일에 학교가 끝나자마자 아이들이 쏜살같이 학교를 빠져 나갔다. 슈퇴르머 선생님만 교단에 계속 남아서 다음 주에 갈 수련회 준비에 필요한 서류들을 정리하고 있었다.

나는 리키가 책가방을 싸는 동안 책상에 앉아 기다렸다. 곧 안나의 선물을 사러 같이 나갈 생각을 하자 기분이 좋아졌다.

원래 토요일이었던 약속을 리키가 수영 경기 때문에 며칠 뒤인 오늘로 미뤘다. 지난 주말에는 거의 침대에서 나오지 않았다. 화장실 갈 때, 레몬 쿠키와 과자를 먹을 때, 리키의 경기 결과를 인터넷에서 찾으려고 엄마 방에 노트북을 가지러 갈 때만 침대에서 나왔다. 그런데 아무것도 검색되는 게 없어서 패닉이 왔었다. 혹시 그런 경기 자체가 없었고 리키가 그냥 나와의 약속을 취소하려고 핑계를 댄 것은 아닐까…?

"몇 등 했어?"

리키가 내 의심을 눈치채지 못하게 지나가는 말처럼 물었다.

리키가 입을 내밀더니 한숨을 쉬었다.

"완패야. 7등 했어. 그렇게 안 좋은 적은 없었는데."

그러더니 쓴웃음을 지어 보이며 말을 이었다.

"집중이 하나도 안 됐거든."

그때 문가에서 담임 선생님이 나를 불러 세웠다.

"조쉬, 잠깐 시간 괜찮니? 별로 오래 걸리는 얘기는 아니란다."

리키가 내 팔을 쓰다듬으며 말했다.

"일층에서 기다릴게."

순간 편집증적인 신경이 곤두섰다. 알렉스 일인가? 지난 목요일부터 알렉스의 소식을 전혀 듣지 못했다. 아니면 누군가 내가 그 사건의 범인이라는 걸 알아내기라도 한 건가?

"수련회 일 때문에…."

슈퇴르머 선생님이 너무 머뭇거리는 바람에 나도 모르게 긴장이 되었다.

"갈 수 없게 됐나요?"

양심의 가책이 매일매일 느껴지는 상황에서는 언제나 최악을 먼저 생각하게 된다.

"아니, 아니."

선생님이 조용히 말을 이었다.

"핸드폰 금지 규칙에 대한 얘기야. 안나 사건 이후로 우린 그런 일이 다시는 일어나지 않게 하려고 노력하고 있어. 그래서 이번 수련회에도 신경을 많이 곤두세우고 있단다. 상담선생님과 내가 전체 학생들을 책임지고 인도하기로 했어. 다만, 수련회 때 학생 두 명이 친구들을 관찰하면서 핸드폰 금지 규칙을 어기는 경우를 보면 우리한테 알리도록 하자는 결론을 냈지."

"그게 저랑 무슨 상관이죠?"

"그 둘 중 한 명의 역할을 네가 맡아줬으면 한다. 우리 반에서 냉철한 성격을 지닌 학생이잖니."

"제가 신고자가 되는 건가요?!"

내가 소스라치게 놀라자 슈퇴르머 선생님이 고개를 저으며 말했다.

"아니, 그냥 관찰만 해달라는 거야. 안나 같은 일이 다시 일어나면 안 되잖니."

"그럼 두 번째 학생은 누군가요?"

"리키란다. 리키한텐 내일 부탁할 예정이야. 그리고 또 할 얘기가 있는데 말이야."

선생님이 명단이 적힌 쪽지를 건네주며 말을 이었다.

"어머님이 네 수련회비를 아직 납부해주지 않으셔서. 혹시 엄마께 말씀드려주겠니?"

이럴 수가. 엄마는 늘 이렇다. 엄마가 실직을 하고 나서부터 늘 계좌에서 돈을 초과 인출하고는 예상치 못하게 돈 쓸 곳이 생기면 그냥 모르는 척해버린다.

이제 엄마한테 돈 얘기를 꺼내기가 두렵다. 엄마는 돈 얘기만 들으면 늘 같은 소리를 하기 때문이다.

"그럼 돈 많은 네 아빠한테 가."

아빠는 내 양육비 명목으로 엄마한테 돈을 주고 있다. 하지만 내가 그 얘기를 하면 엄마는 나를 키우는 데 돈이 얼마나 드는지 하나도 모른다고 하소연하곤 한다.

"안나 사건이 있은 후로 수련회같이 학급 활동을 함께하는 게 매우 중요해졌단다."

슈퇴르머 선생님이 덧붙였다.

"혹시 납부하는 데 어려움이 있다면 말하렴. 급한 경우에 쓸 수 있는 학급비가 조금 있거든. 우리 반엔 사실 부모님이 무직이신 아이가 몇 명 있단다. 그런 사실에 대해 네가 부끄러워할 필요는 없어."

나는 조용히 한숨을 쉬었다. 엄마가 그런 걸 받는 건 또 좋아하지 않을 것이다. 엄마의 자존심은 쓸데없이 세다.

"슈퇴르머 선생님이 뭐라셔?"

리키가 쇼핑센터로 가는 길에 물었다.

나는 요약해서 말해줬다. 물론 돈 얘기는 하지 않았다.

"정말 좋다!"

리키가 기분 좋은 듯 내 어깨를 치며 말을 이었다.

"그럼 너랑 내가 이번 수련회에서 감독관 역할을 해보는 거네. 정말 재밌겠다!"

나는 리키가 가끔 어떤 일에 대해 심하게 긍정적으로 반응하고, 어떻게든 좋은 점을 재빨리 찾아내는 걸 볼 때마다 조금 놀랍다. 우리가 사귀게 된다면 리키의 이 명랑함을 닮을 수도 있지 않을까. 사실 이 짧은 쇼핑만으로도 벌써부터 기분이 좋아진다.

"안나한테 뭘 줄 생각이야?" 내가 물었다.

"안나 얼굴이 굉장히 창백하단 거 알고 있어? 안나한테 화장품을 좀 사다 주면 좋겠다는 생각을 했어. 그렇게 대단한 건 말고, 그냥 간단한 립스틱이나 아이라이너 같은 거. 그런 거, 아마 안나 부모님은 안 사주실 거야."

나는 리키가 쇼핑을 하는 모습을 보는 게 즐거웠다. 리키는 다양한 색깔의 립스틱을 시험해보고 조그마한 붓으로 손등에 칠해보고 품평을 했다. 리키는 자기가 사고 싶은 색이 있는 것 같았다. 나는 잘 몰라서 도와줄 순 없지만, 리키의 그런 모습이 멋지다고 생각했다.

그런데 갑자기 페기가 활짝 웃으며 내 앞에 나타났다.

"헤이, 조쉬!"

하랄드 아저씨의 딸인 페기는 치아 교정기를 끼고 포니테일 머리를 하고 있었다. 그리고 눈가에는 검은색 아이라이너를 진하게 발랐다.

"이게 웬 우연이야!"

페기가 달려들어 내 목을 껴안았다. 나는 깜짝 놀라서 가만히 있었다.

"내 문자에 왜 한 번도 답을 안 했어?"

리키가 놀란 표정으로 우리를 쳐다봤다.

"리키, 얘는 페기야." 나는 어물거리며 페기를 소개했다. "우리 엄마의 남자친구의 딸."

순간 페기의 웃음기가 싹 사라졌다.

"너희들, 사귀는 사이야 뭐야?"

상황이 좋지 않게 흘러가는 것 같다. 이런 상황에서는 뭐라고 말해야 할지 모르겠다.

하지만 리키는 아니었다.

"그렇다고 하면?"

리키의 말에 순간 내 입이 떡 벌어졌고, 페기도 충격을 받은 것 같았다.

"저기 친구들이 기다리고 있어서. 이만 갈게."

그렇게 말하고 페기는 홱 몸을 돌려 가버렸다.

"너, 좋아하는 여자 있다고 나한테 말한 적 없잖아."

리키가 두 손을 허리에 올리며 말했다.

나는 멍하니 리키를 봤다.

"난…."

"알았어, 바보야. 장난쳐본 거야. 이제 계산하러 가자."

가게를 나오는데 리키가 산 물건들을 다시 확인하면서 왠지 불만족스러운 표정을 지었다.

"뭔가 빠트린 것 같아…."

마침 근처에 꽃집이 있어서 나는 작은 꽃다발을 하나 사자고 제안했다.

하지만 리키는 고개를 저었다.

"아니야. 장례식을 연상시키잖아. 안 그래도 병원이 교도소 같은데."

말하던 리키의 표정이 갑자기 밝아졌다.

"H&M 매장에 들어가볼래? 안나한테 사줄 만한 게 있을 것 같아."

우리는 북적거리는 매장 안으로 들어가서 수많은 옷 더미를 헤집고 돌아다녔다. 리키는 치마를 집기도 하고 셔츠를 몸에 대보기도 하면서 내 의견을 물었다.

"너한테는 다 잘 어울려. 하지만 안나한테는 어울릴지 모르겠다."

리키가 뭔가를 생각하는 표정으로 나를 쳐다봤다.

"그래, 맞는 말일 수 있어."

"상품권 같은 걸 사주는 건 어때? 그럼 나중에 퇴원해서 안나가 직접 마음에 드는 걸 살 수 있잖아."

리키는 내 아이디어를 마음에 들어 하는 것 같았다.

"그럼 그때 같이 쇼핑에 가주고 뭐가 더 잘 어울리는지 봐주면 되겠네. 예전에 쇼핑 같이 하자고 한 적이 있거든."

계산원이 얼마짜리 상품권을 살지 물었다.

"50유로요." 리키가 지갑을 들며 말했다.

"잠깐." 나는 리키의 손을 잡았다. "조금 많은 것 같은데."

리키가 손을 내저었다.

"괜찮아."

"이걸 사면 네가 쓸 돈이 없잖아."

계산원이 우리 뒤에 줄 선 사람들을 연신 쳐다보기 시작했다.

리키가 50유로짜리 지폐를 계산대에 올려놓았다.

"괜찮아. 다음 달 용돈을 미리 받으면 돼."

"그럼 내가 낼게."

나는 호주머니를 뒤져 20유로짜리와 5유로짜리 지폐를 꺼냈다. 리키와 맛있는 걸 먹으러 가려고 상자 안에 소중히 모아뒀다가 가지고 나온 것이었다.

"됐어. 그건 넣어둬."

"아니야. 이 정돈 낼 수 있어."

리키가 조금 놀란 표정으로 나를 쳐다봤고, 머뭇거리며 다시 돈을 넣었다.

"그렇다면, 알았어. 고마워."

18

## 불편한 만남 2

상품권을 사서 나오면서 기분이 좋아졌다. 그 뒤로는 즐기는 마음으로 쇼핑센터를 돌아다니며 놀았다. 나는 리키가 들고 있던 봉지를 뺏었고, 다시 리키가 봉지를 내 손에서 뺏어 갔고, 다시 내가 뺏어 왔고, 그러다 옆에 있던 플라스틱 의자를 쳤고, 그 의자가 또 다른 의자를 치면서 조화로 장식된 나무 옆에서 바닥으로 쓰러졌다. 내가 의자를 일으켜 세우고 리키를 돌아봤을 때, 리키의 얼굴은 하얗게 질려 있었다.

그제야 나는 그 의자가 아이스카페 의자라는 걸 알아차렸다. 아이스카페 진열대 옆에는 핑크 레이디스 두 애가 기대서서 멍청하게 웃고 있었다.

그리고 패거리의 대장인 샤이엔은 아이스크림콘 그림이 그려진 첫 번째 파라솔 테이블에 앉아서 짙은 색 머리에 양복을 입은 어떤 남자의 손을 잡고 있었다.

"안녕, 리키. 여기서 만나다니 반가워."

샤이엔이 그 남자한테 웃어 보이며 말을 이었다.

"이쪽은 내 남친 슈미티야. 그리고 이쪽은 내가 여러 번 말한 적 있는 우리 반 리키."

내 소개는 아예 하지도 않는다.

샤이엔의 남자친구가 천천히 전자담배 연기를 내뿜으며 리키를 머리부터 발까지 훑었다. 한눈에 봐도 서른 살쯤 돼 보였다. 잘 차려입긴 했지만 왠지 모를 불편한 미소를 짓고 있었다. 아무래도 샤이엔처럼 별로 좋지 않은 사람인 게 분명하다.

"안녕, 리키." 샤이엔의 남자친구라는 사람이 인사했다. "만나서 반가워."

리키는 아무 대꾸도 하지 않았다. 잠시 후 리키가 속삭였다.

"그냥 가야겠다."

그때 샤이엔이 일어서며 말했다.

"남자들은 자리 좀 비켜줄래? 나, 리키랑 할 얘기가 좀 있어서. 둘이서만 말이야."

그러고는 특유의 기분 나쁜 미소를 지으며 덧붙였다.

"여자들끼리 얘기야, 알지?"

슈미티가 일어나 샤이엔의 우스꽝스러운 파마머리를 쓰다듬고는 진열대 앞에 서 있는 핑크 레이디스 애들한테 걸어갔다. 하지만 나는 리키를 혼자 두지 않았다. 그냥 가만히 서 있었다.

나는 재빨리 말을 꺼냈다.

"시간 없어. 가자."

"들었니, 리키? 널 열렬히 사랑하는 팬이 구해주려고 하는구나."

샤이엔이 나한테 몇 걸음 다가와서는 내 코앞에서 멈춰 섰다. 너무 가까웠다. 샤이엔의 향수 냄새 때문에 토할 지경이었다.

"날 믿어도 돼, 꼬마야."

샤이엔이 내 뺨을 쓰다듬었다. 그러고는 금색 케이스를 끼운 핸드폰을 꺼내며 말했다.

"잠깐 기다려봐. 너한테도 보여줄 게 있어."

"관심 없어."

나는 말을 끊고는 리키의 손을 잡고 아이스카페를 나갔다.

샤이엔은 포기하지 않고 우리를 따라왔다.

"그날 해변 파티에서 찍은 사진이 몇 장 있는데, 아마 관심이 생길걸?" 샤이엔이 말했다. "리키랑 알렉스 사진인데, 정말 잘 어울리는 커플이야. 내 입으로 말하긴 좀 그렇지만 내가 봐도 참 잘 찍었어."

에스컬레이터에 올라타기 직전, 나는 우뚝 멈춰 섰다.

"알고말고!" 나는 일부러 큰 소리로 말했다. "사진 찍기는 원래 네가 잘하는 거잖아. 협박만큼이나."

샤이엔이 험상궂은 얼굴로 리키를 쳐다봤다.

"왜 이래?" 나는 도전적으로 말했다. "뭐 충격이라도 주겠다는 거야? 아니면 알렉스 전화번호를 잃어버리기라도 한 거야?"

나는 샤이엔이 놀라서 얼어붙은 틈을 타 리키를 데리고 에스컬레이터를 탔다. 리키가 들고 있는 봉지가 사정없이 흔들렸다.

끈덕지게 따라붙는 꽃 파는 소녀처럼 샤이엔이 계속해서 우리를 따라왔다.

"그래?" 샤이엔이 갈라지는 목소리로 외쳤다. "네가 결백하다고 굳게 믿고 있는 알렉스는 사실 위대한 사진작가야. 알렉스가 안나한테 한 짓을 벌써 잊어버리기라도…."

"이제 그만해. 네 헛소리는 더 이상 들어줄 수가 없어."

나는 리키의 손목을 잡고 에스컬레이터 계단을 걸어 내려갔다.

하지만 샤이엔은 계속해서 외쳤다.

"좋아, 모르는 게 약일 수도 있지. 하지만 네가 알고 싶어 하지 않는 사실을 내가 언제든 말해줄 수 있어."

1층으로 내려간 우리는 출구와 연결된 선물 가게로 급히 들어갔다.

샤이엔이 뒤에서 소리 지르는 게 들렸다.

"하나 기억해, 조쉬. 네가 좋아하는 리키도 알고 보면 그리 좋은 애는 아닐 거야."

19

## 나한테 빌린 거 있잖아

쇼핑센터 앞에서는 지상 전철이 큰 소음을 내며 지나가고 있었다. 샤이엔의 역겨운 향수 냄새가 아직도 사라지지 않는다.

"근데, 그 얘긴 뭐야?"

내가 묻자 리키가 나를 당황한 표정으로 쳐다봤다. 우리는 여전히 손을 잡고 있는 상태였다.

"슈미티라는 사람은 또 누구야? 이름도 참 이상하네."

리키가 천천히 고개를 저으며 말했다.

"나도 모르겠어."

"아이스카페에서는 왜 그렇게 아무 말도 없었어? 최근에 샤이엔하고 크게 다툰 적 있어?"

나는 리키의 설명을 기다렸지만, 리키는 잡고 있던 내 손을 뿌리치며 "나, 가야 돼" 하고 말했고, 사람들이 가득한 거리로 사라져버렸다.

나는 리키를 따라가고 싶었지만, 샤이엔이 한 말들 때문에 머릿속이 뒤죽박죽이어서 뒤따라갈 엄두가 나지 않았다. 샤이엔이 말한 그 사진들이 뭘까? 카일 해변에서 알렉스와 리키 사이에 무슨 일이 있었던 걸까? 프렌드북에 그 사진들이 올라올 수도 있겠지만, 당장 보고 싶어 미칠 것만 같았다.

차라리 알렉스한테 직접 물어보는 편이 나을 수도 있다.

알렉스 집에 가니 알렉스 아빠가 문을 열어줬다. 나인 걸 알고는 아저씨가 의심스럽다는 듯 숱이 많은 눈썹을 치켜세웠다.

"알렉스 있나요?"

아저씨가 고개만 끄덕이고는 지친 듯한 표정을 지었다.

알렉스는 침대에서 플레이스테이션으로 좀비 게임을 즐기고 있었다. 배경 음악으로 인터폴의 노래를 깔아놨다. 방은 환기를 하지 않았는지 퀴퀴한 냄새가 났다. 바닥에는 큰 아령과 케틀벨 두 개, 삼각형 모양의 접시가 쌓여 있고 사용한 유리컵과 잔이 널브러져 있었다. 그리고 그 옆에는 콜라 병이 길게 늘어서 있었는데, 어찌나 많던지 그걸 다 갖다 팔면 스쿠터 하나를 장만할 수 있을 것 같았다.

알렉스가 나를 보고는 기뻐하며 벌떡 일어났고 음악 소리를 낮췄다.

"조쉬!"

알렉스가 오랜만에 교도소에 면회 온 사람을 반기기라도 하듯 나를 와락 끌어안았다. 그리고 코를 킁킁거리며 말했다.

"너, 여자 향수 냄새 나는 것 같은데?"

나는 손을 휘휘 저으며 말했다.

"많이 나? 그래서 아저씨가 이상하게 쳐다보셨구나."

알렉스가 웃음을 터트렸다.

"신경 쓰지 마. 우리 아빠 원래 그래."

"나, 그거 들었어. 아저씨가 학교를 상대로 고소하신다며?!"

거대한 모니터 화면에서는 알렉스의 좀비 사냥꾼 캐릭터가 목 윗부분이 없는 좀비를 쏴서 좀비의 몸이 찢어지고 있었다. 모니터 화면이 빨간색으로 가득했다.

"아…."

알렉스가 씩 웃고는 모니터를 껐다.

"우리 아빠가 학교 쓰레기들을 깡그리 치워버리겠다고 하셨어. 모르긴 몰라도 분명 다들 우리 아빠가 청소회사 사장이란 걸 떠올렸겠지."

"알렉스 넌 괜찮아?" 알렉스는 기분이 예상 외로 너무 좋아 보였다. "그때 극장에서 본 뒤로 전혀 소식을 못 들었어."

"놀랄 것도 없어. 경찰들이 지난 금요일 오전에 찾아와 내 아이폰, 맥북, 아이맥, 태블릿을 죄다 압수해 갔거든. 플레이스테이션하고 팬티만 빼고 다."

나는 침을 꿀꺽 삼켰다. 그제야 텅 빈 알렉스의 책상이 눈에 들어왔다. 핸드폰 충전기만 덩그러니 있다. 만약 우리 집에 경찰이

들이닥치고 엄마가 문을 열어준다면… 상상만 해도 등골이 오싹해진다.

"윽, 팬티라니!"

나는 그저 이런 농담밖에 할 수 없었다.

하지만 알렉스는 특유의 매력적인 웃음을 지어 보였다.

"왜? 난 좋았어."

"정말? 뭐가 좋았는데?"

"야, 모르는 척하긴. 자꾸 날 실망시키지 마."

나는 정말로 몰라서 어깨를 으쓱하며 말했다.

"미안한데, 나 진짜 무슨 말인지 모르겠어."

"이제 명백해지는 건 시간문제잖아. 경찰이 기기를 조사하면 내가 무죄라는 게 금세 밝혀지겠지. 아이피 주소를 추적하면 범인이 샤이엔이란 것도 밝혀질 거고."

아이피 주소! 순간 심장이 덜컹했지만, 곧 내가 그 글을 시립 도서관에서 올렸던 게 생각났다. 다행이다. 하지만 아직도 심장이 떨린다.

알렉스는 내가 놀란 걸 알아채지 못하고 기분이 좋아서는 두 손을 비비며 말했다.

"너무 기대돼서 기다릴 수가 없을 정도야. 못된 샤이엔이랑 얘기 좀 해봤어?"

나는 잠시 오늘 쇼핑센터에서 샤이엔을 우연히 만난 걸 얘기할까 생각해봤다. 하지만 '누구'랑 쇼핑센터에 같이 갔는지 시시콜

콜 캐물을까 봐 그만두었다.

“샤이엔이 금요일에 네 파티 사진을 프렌드북에 올렸어.”

“그건 못 봤네.”

알렉스가 지겹다는 듯 침대에 앉으며 말했다. 침대 시트 여기저기에 소스 흘린 자국들이 가득했다.

“뭐, 화가 나긴 하지만 이젠 별로 상관없어.”

“그래서 내가 샤이엔하고 얘기 좀 해보려고 했는데, 전혀 대화가 안 되지 뭐야. 자기한텐 아무도 뭐라고 할 수 없다고 자신하는 것 같았어.”

알렉스가 집게손가락을 치켜들었다.

“아직 아니지! 기다려야 해!”

“그리고 자기한테 너랑 리키랑 카일 해변에서 찍은 사진이 있다고 하던데.”

알렉스가 익살스럽게 웃으면서 말했다.

“그래? 그건 좀 흥미가 생기는데?”

“왜?”

“왜냐면 난 그 파티에 샤이엔을 초대한 적이 없거든. 그 자리에 있지도 않았는데 무슨 사진을 어떻게 찍었다는 거야?”

“나도 초대 안 했었잖아.”

나도 모르게 볼멘소리가 나왔다.

“무슨 소리야? 했는데.”

알렉스가 초대를 했었다고?

"난 초대를 못 받았어."

알렉스가 웨이트볼을 이리저리 굴리며 말했다.

"초대장은 내 프렌드북 친구들한테 다 돌렸어."

순간 내가 알렉스의 이름으로 안나 사진을 올리게 만든 그날의 좌절감이 떠올랐다. 알렉스한테 친구관계를 끊으면 초대장이고 뭐고 오지 않는다는 점을 굳이 따져 물어야 하나? 알렉스가 나와 프렌드북 친구관계를 끊지 않았다면 나도 초대장을 받았을 것이다. 가끔 어떤 사람들은 자기가 뭘 해놓고도 하지 않았다고 계속 믿으면 정말 하지 않은 줄 알기도 한다. 하지만 알렉스와 지금 싸우고 싶진 않으니 그냥 넘어가기로 했다.

내 기분을 아는지 모르는지 알렉스가 화제를 돌렸다.

"리키는? 리키하고도 얘기해봤어?"

나는 알렉스의 눈을 피했다.

"이해해." 알렉스가 중얼거리듯 말했다. "아직 날 싫어하고 있을 테니까. 그거 알아? 수련회에 가지 못하게 돼서 차라리 다행이란 생각이 들었어. 멍청한 녀석들하고 시간 보낼 생각만 해도 구역질이 나거든. 너만 빼고는 도와주는 녀석도 하나 없고…."

알렉스가 일어나 책상으로 가더니 공책 사이에서 양피지 무늬로 된 편지봉투 하나를 꺼냈다. 봉투 뒷면에는 번쩍이는 빨간색 실링 왁스로 밀봉이 되어 있고, 그 위에는 화려하게 'S'자가 찍혀 있었다. 아마 알렉스 아빠의 도장일 것이다.

"그게 뭐야? 유서라도 쓴 거야?"

장난으로 말했지만, 알렉스는 심각한 표정으로 말했다.

"리키한테 쓴 편지야. 수련회에 가면 기회를 봐서 리키한테 이 편지를 전해줄래? 아무래도 리키가 거리를 두려는 것 같아서 말이야."

"난 잘 모르겠어."

나는 내키지 않았다. 솔직히 내가 그 둘의 사이에서 전령 역할을 해주는 게 맞는 건지 모르겠다. 게다가 샤이엔이 했던 말도 계속 떠올랐다. 카일 해변에서의 사진이란 대체 무슨 사진일까? 그리고 샤이엔은 거기 없었다는데 그럼 누가 찍은 것일까? 둘 중 누가 거짓말을 하고 있는 걸까?

"부탁해, 조쉬. 우정을 봐서 마지막 부탁을 들어줘. 나한테 빚진 거 갚는 셈치고. 후고식당 사건 말이야."

## 20

# 후고 아저씨의 응징

달걀 먹기 시합은 엄청난 결과를 초래했다. 알렉스에게만. 우리가 무단 침입한 사실이 밝혀지고 나서 알렉스 혼자 몽땅 뒤집어썼다. 도대체 알렉스는 왜 하필 링고를 후고식당에서 만난 걸까? 나랑 달걀 먹기 시합을 하며 놀았던 날 이후, 알렉스는 어느 날 링고와 함께 그 가게에서 할라피뇨와 더블 패티를 넣은 자이언트 치즈버거를 시켜 먹었다. 둘이서 한창 먹고 있는데 경찰이 왔다. 가게 주인이 CCTV에서 본 알렉스의 얼굴을 기억하고는 경찰에 신고한 것이다. 결국 알렉스는 소년법정에 불려가 30시간의 사회봉사활동을 명령받았다.

나는 CCTV를 등지고 있어서 얼굴이 잡히지 않았다. 게다가 알렉스도 내 이름을 대지 않아서 결과적으로 나는 처벌을 피할 수 있었다. 하지만 그 자리에 알렉스와 같이 있었다는 사실은 변하지 않는다.

*광장, 쓸기*

"후고 아저씨가 완전 바가지를 씌우더라구."

알렉스가 빗자루질을 하면서 계속 투덜거렸다.

"달걀만 50유로, 총 손해액으로 300유로를 변상하라고. 대체 뭘 그렇게 손해 봤다는 거지? 바닥에 있던 대야 몇 개뿐인데…."

"나도 같이 변상할게." 내가 제안했다. "공정하게 하자."

"아, 됐어. 우리 아빠가 다 내주신댔어." 알렉스가 손사래를 치며 말했다. "뭐, 그 가게하고 우리 아빠의 청소 계약은 당연히 해지됐고, 아들은 법정에 불려 갔고, 난 지금 길바닥이나 쓸고 있지. 그 집 달걀은 별로 맛있지도 않았는데 말이야."

*녹색 공원, 쓰레기 줍기*

알렉스는 오렌지색 작업복을 입었다.

"나, 관타나모 수용소에서 탈옥한 죄수 같다. 아무한테도 말하지 마! 사진도 찍지 말고!"

집게로 바닥에 있는 담배꽁초를 집어서 쓰레기 봉지에 넣은 뒤, 나도 오렌지색 작업복을 입었다.

"아니, 죄수 같진 않아. 내 꼴도 마찬가진걸. 우리, 쌍둥이 같다."

"그러게." 알렉스가 집게를 흔들며 말했다. "네가 자발적으로 봉사활동을 할 줄은 상상도 못했어."

"같이 해야지. 그런데 갑자기 봉사활동을 하겠다고 하니 사람들 쳐다보는 눈빛이 이상하긴 하더라. 봉사활동을 미리 해두고 무슨 일을 저지르기라도 할까 봐 그러나."

"정말 왜 하는 거야?" 호기심 어린 눈빛으로 알렉스가 나를 봤다. "내가 쓰레기 주우러 나올 때마다 계속 같이 나오고 있잖아. 넌 하지 않아도 되는데 말이야."

*측정소, 쓸기*

"아니지. 내가 너한테 빚진 거잖아."

"됐어. 그런 거 없어."

"후고식당에 나도 같이 있었잖아. 달걀도 같이 먹어치웠고."

"좋아, 그렇게 고집 부릴 거면 빚진 거라고 치자. 그럼 나중에 딴 말 하기 없기다."

알렉스가 웃으면서 말을 이었다.

"우리가 달걀 먹으면서 체크메이트를 외쳤던 그날을 생각하면… 사실 앞으로 다신 달걀을 안 먹을 것 같아."

"나도 마찬가지야. 고마워, 알렉스."

*광장, 쓸기*

알렉스가 놀라서 나를 쳐다봤다.

"뭐가 고마워?"

"네가 경찰한테 내 이름을 대지 않았잖아."

"이름을 댄다 한들 뭐 좋은 게 있겠어? 게다가 거기 가서 놀자고 주장한 사람은 나고, 문도 내가 열쇠로 따고 들어간 거잖아."

"어쨌든 말이야." 나는 잠시 멈췄다가 말을 이었다. "우리 엄마가 알았더라면 분명 난리가 났을 거야. 바로 아빠한테 보내버리려고 했을걸? 가끔 보면 엄마는 그냥 내가 어디론가 사라져버려서 홀가분하게 혼자 살고 싶어 하는 것 같기도 해."

알렉스가 이해한다는 듯 미소를 지으며 말했다.

"나도 무슨 느낌인지 알아. 우리 아빠도 엄청 화를 냈어."

나는 조용히 한숨을 쉬었다.

*보행자 전용구역, 쓰레기 줍기*

"근데 괜찮아, 조쉬. 처벌이 못 견딜 정돈 아니야. 그리고 우리만 그 식당에 침입한 건 아니었어. 그래서 우리가 갔을 때 식당 냉장고에 자물쇠가 채워져 있었던 거야. 내가 발각되지 않았으면 그건 또 그거대로 안 좋은 결과를 가져왔을 거야."

"무슨 말이야?"

"침입한 흔적이 없어서 우리 아빠 회사 직원들이 그 죄를 뒤집어쓸 뻔했거든. 그래서 직원들이 굉장히 난처했었어."

알렉스가 짧게 한숨을 쉬고는 말을 이었다.

"나라는 게 밝혀져서 그나마 다행이랄까."

*다리 밑, 쓸기*

"우리 아빠는 그날 이후 가게들 열쇠를 모두 다른 곳에 보관하고 있어.”

“어딘지 알아?”

“당연하지!” 알렉스가 활짝 웃으며 말했다. “심지어 아빠가 열쇠들을 모아놓은 그곳의 열쇠를 부츠에 숨겼다는 것도 알고. 말 나온 김에 한 번 더 놀러 갈까?”

“알렉스 넌 정말 못 말리는 녀석이야.”

“진짜로 그래볼까? 뭐, 아빠가 한 번만 더 그러면 날 기숙사 학교에 보내버린다고 하긴 했지만.”

나는 놀라서 비질하던 걸 멈췄다.

“안 돼. 그럼 난 너무 쓸쓸해질 거야. 진짜로.”

알렉스가 손을 내저으며 말했다.

“걱정 마. 아빠는 그러지도 못할 거면서 말만 그래. 자꾸만 겁을 주려고 하신다니까.”

*강변, 쓰레기 줍기*

잠시 우리는 말없이 쓰레기를 주웠다.

“근데 너, 나 없어도 하나도 안 외롭겠는데?” 알렉스가 말했다. “너한텐 그녀가 있잖아.”

나는 어리둥절했다.

“그녀가 누군데?”

“왜, 네 이상형 있잖아. 나한테도 비밀로 하고 말 안 해주는 그녀.”

나는 얼른 알렉스의 눈길을 피했다. 알렉스는 틈만 나면 저런 식으로 비밀을 털어놓으라고 조른다.

알렉스가 호탕하게 웃으며 말했다.

"넌 내가 네 이상형 얘기만 꺼내면 무슨 도살장 끌려가는 돼지처럼 굴더라."

나는 아무 말도 하지 않았다. 하지만 알렉스는 장난을 멈추지 않았다.

"내가 아는 여자야?"

나는 돌아서서 바닥에 널브러져 있는 신문을 주워 쓰레기 봉지에 집어넣었다.

"야, 궁금해 죽겠다. 그만 좀 고문해. 예뻐? 우리 학교 다녀?"

"알았어. 리키야."

알렉스가 깜짝 놀라서 나를 쳐다봤다.

"리키라고? 우리 반 스페인 여자애?"

"응."

알렉스가 이마를 잔뜩 찌푸렸다.

"전혀 상상 못 했는걸."

나도 잘 모르겠다는 듯 어깨를 으쓱했다. 사실 나도 내가 리키를 좋아하게 될 줄 몰랐다. 게다가 나날이 그 애가 더 좋아진다.

*놀이터, 쓰레기 줍기*

"그럼 걔한테 고백은 했어?"

"아니."

"그럼 걔랑 대화는 나눠봤어?"

"아니."

"완전 너답다, 조쉬! 내일 학교 가서 리키가 어떤 앤지 확실히 알아봐줄게. 약속해."

"그래도 리키한텐 아무 말도 하지 마!"

"날 믿어, 조쉬. 내 이름을 걸고 약속해."

## 21

# 넌 진짜 똔또야

수련회장에서는 '베포'라는 이름의 거대한 잡종견 한 마리가 하루 종일 돌아다니고 있었다. 녀석이 앞발을 리놀륨 바닥에 탁탁 내딛는 소리가 계속 울려 퍼져 거슬리긴 해도 으르렁대거나 짖지는 않았다.

리키는 베포를 보자마자 마음에 들었는지 베포의 목을 힘껏 끌어안으며 스페인어로 외쳤다.

"아이, 께 린도 뻬리또![와우, 이 사랑스러운 강아지 좀 봐!]"

무슨 뜻인지 모르겠지만, 리키의 목소리는 마냥 사랑스러웠다. 수련회 장소인 이곳 수도원에 도착한 뒤로 리키의 기분이 조금 나아진 듯했다. 어깨를 누르고 있던 짐이 좀 덜어진 것 같다.

이 수련회가 학교 내에서 벌어진 불미스러운 일들에서 한 발짝 뒤로 물러날 수 있는 좋은 시간이 되었다. 샤이엔이 수련회 출발 당일에 아파서 빠진 덕분에 리키와 내 마음은 더욱 가벼워졌다.

핸드폰을 집에 두고 온 것도 컸다. 세상과 잠시 단절되어 마침내 다들 숨을 고를 수 있게 된 것이다.

리키와 나는 아이들을 피해 지하실에 내려가 계단참에 앉았다. 리키가 뽀뽀를 계속 퍼붓는데도 가만히 있는 베포가 신기했다. 까만 머리칼을 늘어뜨린 리키는 정말이지 너무나 아름다웠다. 마음 같아서는 사진을 찍어두고 싶지만, 아쉽게도 핸드폰은 집 책상 서랍에 고이 모셔져 있다.

리키가 베포의 회갈색 털을 연신 쓰다듬을 때 솔직히 처음에는 기분이 좋지 않았다. 베포의 냄새, 질질 흘리는 침 때문이라고 생각했지만, 실은 질투가 나서 기분이 나쁜 것이다. 그림이 영 별로다. 리키는 강아지를 따라다니고, 그런 리키의 뒤를 내가 따라다니는 꼴이다.

베포의 혀는 파란색인데, 리키도 이유는 모르겠다고 한다.

"차우차우 견종이라 그런가." 리키가 골똘히 생각하며 말했다. "얘들은 혀가 원래 파란색일 수도 있어."

위층에서 아이들이 소란스럽게 이리저리 돌아다니는 소리, 짐을 탁탁 내려놓는 소리가 들려왔다.

"베포는 내가 볼 때 차우차우가 아니라 그냥 잡종인 것 같아. 염소도 좀 섞인 것 같고."

내 심술기 어린 말에 리키가 웃었다.

"아아, 조쉬, 넌 진짜 똔또(tonto)야!"

이 단어는 리키가 나를 부를 때마다 쓰는 말이다.

"'똔또가 대체 뭔데 자꾸 나한테 그래? 스페인어를 알아야 말이지."

"알려줄게." 리키의 짙은 눈동자가 반짝반짝 빛났다. "똔또는 바보라는 뜻이야."

"참 고맙다, 리키!" 나는 괜히 기분이 좋아서 외쳤다. "거참 멋진 칭찬이네."

그러자 리키가 부드럽게 내 팔을 쳤다.

"에이, 착하다는 뜻으로 말한 거 알잖아."

"그게 착하다는 뜻이면 정말 착하다고 할 땐 더 심한 단어를 쓰겠네?"

리키가 내 머리카락을 헝클어뜨리며 대답했다.

"정말 착한 건 똔띠또(tontito)라고 해."

"그건 무슨 뜻인데? 최강 바보?"

"아니, 똔띠또는 귀여운 바보란 뜻이야."

나는 절로 웃음이 나왔다.

"똔또가 차라리 낫네. 아니면 그냥 띤또[tinto. 물들었다는 뜻]라고 불러줘." 나는 베포를 가리키며 말했다. "그러려면 내 혀도 얘처럼 파란색이어야 하나."

그때, 리키가 나한테 키스를 했다. 너무나 자연스럽게. 예고도 없이.

리키의 두 손이 내 어깨 위로 올라왔고, 나는 바로 행복한 바보가 되었다. 그 순간만큼은 다른 건 아무래도 상관없었다.

우리가 하루 종일 숲속에서 망보기용 의자를 만들어야 했다는 것도.

링고가 사이코패스처럼 덤불 사이에서 점프하면서 공포영화의 대사를 큰 소리로 외쳐대고 다니는 것도.

샤이엔이 없는 핑크 레이디스 패거리가 통나무 위에 다리 꼬고 앉아 손가락 하나 까딱하지 않는다는 것도.

방귀를 쉬지 않고 뿡뿡 뀌어대는 파올로와 더블D와 같은 방을 쓰게 되었다는 것도.

아이들이 자정이 지나서도 시끄럽게 복도를 뛰어다니는 것도.

핸드폰과 인터넷 없이 시간을 보내야 한다는 것도.

리키와 함께할 수만 있다면, 나머지 것들은 아무래도 상관이 없었다.

기분이 좋아진 나는 마침내 알렉스의 편지를 전해줬다.

리키가 놀란 표정으로 빨간색 실링 왁스로 봉해진 편지봉투를 바라봤다.

"이게 뭐야?"

"알렉스랑 약속한 게 있어서."

리키의 얼굴이 갑자기 어두워졌다.

"아직도 알렉스가 네 친구고, 넌 알렉스 편이라는 거네. 맞지?"

나는 고개를 끄덕였다.

"편지 읽는 동안 자리를 피해줄까?"

리키는 고개를 저었고, 바로 봉투를 열어 빠르게 편지를 읽어 내려갔다. 다 읽은 것 같지도 않은데 갑자기 리키가 편지를 갈기갈기 찢어버렸다.

"왜 그래?"

"이 나쁜 녀석이 뭐라고 썼는지 별로 궁금하지 않아. 난 이 멍청이도 믿지 않고 얘가 말하는 비밀에 싸인 해커의 존재도 믿지 않아."

나는 크게 한숨을 쉬었다. 다시 양심이 찔려 고통스러웠다.

"너한테 이미 말했잖아. 알렉스는 이제 내 관심 밖이야."

리키가 내 손을 잡았다.

"날 좋아한다면, 잘 들어. 다시는 나한테 알렉스 얘긴 하지 말아줘. 알겠니?"

내가 바로 대답하지 못하자 리키가 벌떡 일어나더니 나를 자기 쪽으로 끌어당기며 말했다.

"그런 표정 하지 마, 바보야. 이리 와. 베포나 찾으러 가자!"

리키가 나를 데리고 지하층으로 내려갔다. 베포는 화장실 앞 계단 맞은편 끝에 우두커니 서 있었다.

"계속 여기 있었구나."

리키가 베포한테 몸을 숙여 손가락으로 털을 쓰다듬으며 말을 이었다.

"목마르니? 물 마시러 가자! 자, 어서."

베포를 보자 절로 웃음이 나왔다. 알렉스의 편지는 금세 잊었다. 리키가 괜찮다면 나도 괜찮으니까.

그런데 어느새 슈튀르머 선생님이 우리 뒤에 와 있었다.

"너희들, 여기 있었구나."

선생님은 꽤 화가 난 듯한 목소리였다.

"너희들 찾느라 구석구석을 다 뒤졌어."

"무슨 일 있나요?"

"무슨 일 있나요오?"

선생님이 내 말을 그대로 따라 하며 말을 이었다.

"그 말은 내가 하고 싶은 말이구나. 너희가 여기 몰래 기어들어와 있는 동안, 못된 학생 한 명이 여자 샤워실 앞에 숨어 있다가 금지령을 어기고 가져온 폰으로 몰카를 찍었단다. 우린 내일 아침 일찍 다 같이 학교로 돌아갈 거야."

# 막다른 길

오후에 집에 왔지만 잘 다녀왔냐는 소리도 없다. 하랄드 아저씨가 와 있었다. 아저씨는 부엌 식탁에 앉아 재떨이에 담배꽁초를 비벼 끄면서 혐오스럽다는 표정으로 나를 노려봤다. 엄마는 요리를 하던 중인 듯한데 목에 핏대가 선 걸 보니 분명 화가 잔뜩 나 있다. 둘이 한바탕 싸운 것 같다.

나는 짧게 인사하고 내 방으로 들어가려고 했다.

"거기 서!"

엄마가 나를 불러 세웠다.

내가 돌아보기도 전에 하랄드 아저씨가 달려들더니 내 멱살을 잡고 거칠게 부엌 찬장으로 밀어붙였다. 내 멱살을 잡은 채로 다른 손을 위협적으로 들어 올리며 아저씨가 말했다.

"이 망할 놈 같으니!"

아저씨는 이전에도 몇 번이나 이런 식으로 나를 위협한 적이 있지만, 실제로 때리지는 않았다. 그때마다 엄마가 말려서 중간에 그만두곤 했다.

하지만 이번엔 느낌이 달랐다. 엄마는 팔짱을 낀 채 입술을 꾹 다물고 그저 바라만 보고 있었다.

아저씨가 잔뜩 화가 나서 눈을 부라렸다. 아저씨가 나한테 대체 왜 이러는지 알 수 없었다.

아저씨가 역겹다는 듯 나를 팽개치며 엄마한테 호통 쳤다.

"당신이 자식 교육을 잘못 시켜서야."

그러고는 말없이 집 밖으로 향했다. 현관문을 쾅 닫고 나가는 소리가 들렸다.

다리가 후들후들 떨리고, 제대로 숨이 쉬어지지 않았다.

"왜 저래요?"

나는 아픈 목을 문지르며 쉰 목소리로 말했다.

엄마의 눈에 눈물이 차오르는 게 보였다.

"하랄드 아저씨가 널 경찰에 신고했어."

"네? 왜요?"

엄마가 긴장한 듯 손으로 입술을 연신 만졌다.

"너희 반 여자애 일이 계속 생각나서 말이야. 네 핸드폰에 그런 사진이 있나 좀 보려고 했지."

엄마가 잠시 멈췄다가 말을 이었다.

"핸드폰을 어떻게 보는지 몰라서 하랄드 아저씨한테 도움을 요청했어."

단번에 이해가 됐다. 아저씨는 페기 사진을 본 것이다. 페기 사진을 미처 지우지 못했다. 아저씨가 화를 낼 만도 하다.

"조쉬, 정신 나갔니?"

엄마 목소리가 더 커져갔다.

"대체 그런 사진은 왜 찍은 거야? 페기는 아직 어리잖아."

"무슨 생각 하시는 거예요? 제가 찍은 게 아니에요. 페기가 시키지도 않았는데 혼자 찍어서 보낸 거예요."

"페기 얘기는 전혀 다르던데! 페기 말로는, 자기가 우리 집에 왔을 때 네가 그런 사진을 찍자고 제안했다더구나."

"뭐라고요?"

엄마가 고개를 저었다.

"나야 너희가 여기서 뭘 했는지, 그 자리에 없었으니 모르지."

"아무도 없는 데서 만난 적도 없고, 페기가 우리 집에 혼자 온 적도 없단 말예요. 맹세해요!"

"그럼 페기가 뭐하러 거짓말을 하겠니?"

"저야 모르죠. 자기 아빠가 무서워서 거짓말했겠죠. 엄마도 아저씨 성격 알잖아요. 페기는 계속 저한테 자기 사진을 보냈지만, 저는 한 번도 그걸 요청한 적이 없어요. 걔 사진을 받아 보고 싶은 적도 없고요."

"네 말이 맞는다면, 받아서 왜 바로 삭제하지 않은 거니?"

"저도 몰라요! 그냥 별것 아니라고 생각해서였겠죠."

"별것 아니라고? 그런 야한 사진을 받는 게 너한테는 특이한 일도 아닌 거니?"

엄마가 믿을 수 없다는 듯 고개를 저으며 말을 이었다.

"예전에 하랄드 아저씨가 네 침대에서 페기를 데려간 건? 그건 어떻게 된 거지?"

"그건 제가 수백 번도 더 설명드렸잖아요."

나는 지쳐서 한숨만 나왔다.

"침대에 누워 있는데 페기가 들어온 거예요. 그날 제가 많이 아팠잖아요. 기억 안 나세요? 그냥 절 믿고 싶지 않은 거 아녜요?"

"당연한 거 아냐? 나한테 거짓말을 했잖아. 지난번 네 핸드폰에 그런 사진이 있는지 물었을 때, 넌 없다고 거짓말만 한 게 아니라 심지어 그놈의 핸드폰을 내 눈앞에 내밀며 볼 테면 보라고까지 했잖아."

엄마가 나를 노려봤다.

"난 널 믿었어. 하지만 더 이상 믿지 못하겠다. 이런 수준이라면 우리 상황을 다시 정리할 필요가 있겠구나."

"무슨 뜻이에요?"

"아빠한테 가렴. 네 아빠도 너 때문에 고생 좀 해봐야 돼. 내 인생은 너 말고도 골치 아픈 게 너무 많아."

"말 다 하셨어요?"

나는 단단히 화가 났다.

"아니. 집 열쇠 내놔. 지금 당장."

23

## 뒤돌아보지 마

맥없이 침대에 누워서 꼬여도 한참 꼬인 지금의 상황을 생각해 봤다. 핸드폰, 노트북, 집 열쇠 모두 뺏겼다. 그게 정말 교육적인 조치인지, 아니면 그저 엄마가 어떻게 해야 할지 몰라서 일단 다 뺏어둔 건지는 모르겠다. 아무튼 굴욕적이다. 이게 다 페기의 사진 때문이다.

하지만 그래도 엄마는 내 양심의 가책을 계속해서 자극하고 내 숨통을 끊임없이 옥죄는 더 심각한 비밀까지는 아직 모른다. 처음에는 양심이란 게 마치 작은 강아지 같다. 하지만 이 착실한 강아지는 목줄을 차고 당신의 뒤를 졸졸 따라온다. 당신은 강아지가 발에 차여 중간중간 돌아본다. 당신이 돌아볼 때마다 강아지는 조금씩 커져 있다. 그러다 어느 순간부터 당신은 강아지가 더 이상 신경 쓰이지 않아 목줄을 놓고 마음을 놓아버린다. 그래도 강아지가 계속해서 당신을 쫓아온다는 걸 느끼고는 있다.

잠시 동안 모든 걸 잊고 앞만 볼 수 있었지만, 더 이상 뒤에 있는 강아지의 존재를 잊고 있을 수 없게 되었다. 엄마와의 싸움을 기점으로 나는 오래간만에 내 뒤에 따라오는 강아지를 돌아봤다. 그 강아지는 야생 늑대같이 거대하고도 흉물스러운 것으로 자라나 있었다.

엄마와 싸우면서 내가 평소에 품고 있던 의심이 확실해졌다. 엄마는 나를 정말로 버리고 싶어 한다. 말만 그렇게 한 게 아니라 실제로 아빠와 그 얘기를 하는 중인 것 같다. 지금 누군가와 통화하는 소리가 들리는데, 욕조에 목욕물을 받느라고 수도꼭지를 세게 틀어놓은 바람에 내용까지는 들리지 않는다.

나는 일어나 마그네틱 보드로 다가가서 리키의 사진을 봤다. 사진 속 리키를 보는 순간, 나를 둘러싼 모든 상황이 그렇게 절망적으로 느껴지지 않았다. 나는 더 이상 혼자가 아니다. 내 인생에는 아직 한 명이 남아 있다. 바로 리키. 리키와 얘기를 하고 싶어졌다.

엄마가 욕실에서 목욕하는 틈을 타 엄마 방에서 내 노트북을 몰래 가지고 나왔다. 그리고 바로 프렌드북에 로그인 했다. 다행히 리키는 접속 상태였다.

**안녕 리키**

처음에 그렇게 적었지만 그 두 마디를 보내는 것조차 쉽지 않아 지워버리고 말았다. '헤이'라고 운을 띄우는 게 차라리 마음 편했다.

리키의 답장을 기다리는 동안, 리키의 집에 한번 가보면 얼마나 좋을까 상상했다. 프렌드북 덕분에 리키의 집이 어떻게 생겼을지 대강 상상이 된다. 어쩌면 우리 사이가 더 좋아지면 곧 리키의 방에 가볼 수도, 리키가 매일 사용하는 물건들을 만져볼 수도 있게 될지 모른다.

욕실에서 엄마가 물을 철벅거리며 씻는 소리가 들려왔다.

리키는 아직 대답이 없다.

불안한 마음이 들었다. 리키가 그사이 다른 생각을 하는 건 아닐까? 수련회에서 알렉스 얘기를 좀 했다고 해서 이제 나랑 더 이상 가까이 지내기 싫어진 건 아닐까? 하지만 돌아오는 버스 안에서 매우 활기찼던 리키의 모습이 떠올랐다. 재킷 아래로 리키의 손을 잡고 있을 때, 리키는 아무 말 없이 가만히 내 몸에 기대기도 했다. 하지만 리키는 내가 좋아서가 아니라 그저 일상으로 돌아가는 게 싫어서 그랬을 수도 있다.

나처럼 말이다. 왜냐하면 일상으로 돌아가면 결국 언젠가는 내가 안나한테 한 짓을 리키한테 고백해야 할 때가 올 것이기 때문이다. 그걸 알게 되면 리키는 나를 용서하지 않겠지. 그럼 우리 관계는 끝이겠지.

두려운 마음을 안고 리키한테 다시 메시지를 보냈다.

**안녕 리키**

이번에는 한 문장 더 썼다.

**잘 지내고 있어?**

여전히 답이 없다.

**보고 싶어**

또 보냈다. 이제 체면 따윈 필요 없다. 리키의 답장을 받을 수만 있다면.

하지만 계속 답이 없다. 단 한 마디도.

엄마가 목욕을 마쳤는지 욕조 배수구로 물 빠지는 소리가 우렁차게 들려왔다. 나는 재빨리 노트북을 엄마 방에 갖다 놓고 내 방으로 돌아왔다.

엄마는 얼마 후 자러 들어갔다. 역시 나한테 아무 말도 하지 않았다. 여전히 화가 잔뜩 나 있는 것이다.

나는 뜬눈으로 밤을 새우다시피 하며 누굴 믿고 진실을 털어놓아야 할지 고민했다. 아무래도 아예 나를 모르는 사람한테 말하는 방법밖에 없을 것 같다.

내 뒤를 따라다니는 이 흉물스러운 것이 나를 집어삼키기 전에 내가 먼저 떨쳐버려야 한다.

## 24

# 조슈아 란다우어입니다

다음 날, 아침 일찍 집을 나와 학교로 가지 않고 광장에 있는 경찰서를 찾아갔다. 그런데 뜻밖에도 문이 닫혀 있었다. 경찰서 안에 들어가려면 페인트칠이 벗겨진 접수창구의 벨을 눌러야 하는데 차마 용기가 나지 않았다. 나는 그 앞을 왔다 갔다 서성거렸다. 이게 뭐라고 긴장을 하는지 나 스스로도 모르겠다. 눈알이 아픈 데다 날씨도 추웠다.

결국 아무 생각 하지 말고 일단 벨을 눌러보자고 결심했다.

벨을 누르고 나서 문이 열리기까지는 조금 시간이 걸렸다.

경찰서 안에 들어와본 건 처음이라서 왠지 얼떨떨했다.

"어서 오세요."

회색 머리칼의 경찰관 한 명이 창구 안에서 나를 바라봤다. 경찰관이 차고 있는 권총을 보자 머릿속이 하얘지면서 아무 말도 나오지 않았다.

"무슨 일로 왔나요?"

"제가 신고를 당한 게 있어서요."

나는 간신히 기어들어 가는 목소리로 말했다.

"저는 조슈아 란다우어입니다."

"란다우어?"

경찰관이 컴퓨터로 이름을 검색했다.

"미안하지만, 조회되는 게 없네요. 누가 신고한 거죠?"

"제 엄마의 남자친구인 하랄드 슈테포넥요."

경찰관이 이름 철자를 읊어달라고 해서 알려줬다.

"그래도 없네요. 신고 내용이 어떻게 되죠?"

나는 기침을 두어 번 하고 입을 뗐다.

"아저씨가 자기 딸의 누드 사진을 제 핸드폰에서 발견했습니다."

경찰관이 어깨를 으쓱하더니 말했다.

"그런 사건이라면 아무래도 위층 형사과로 가보셔야 할 것 같군요."

나는 위층에 올라가서 문신을 잔뜩 한 폭주족같이 생긴 사람 둘 사이에 끼어 앉았다. 영원과도 같이 느껴지는 긴 시간이 지나자, 드디어 턱수염이 덥수룩한 경찰관이 나타나 로즈너 경감이라고 자기소개를 하고는 개인 사무실로 안내했다. 풍채를 보니 잘 단련된 보디빌더 같았다. 벽에는 수배자 사진들과 달력이 걸려 있었는데, 그것들을 감히 자세히 살펴볼 수는 없었다.

하랄드 아저씨의 신고에 대해 얘기하니, 로즈너 경감 역시 아무 것도 조회되지 않는다고 했다.

"뭐, 그리 놀라운 일은 아니란다."

로즈너 경감이 진지한 표정으로 말을 이었다.

"정말로 신고를 했다 하더라도, 누드 사진을 소지한 것만으로 처벌이 되진 않아. 그걸 공유한다면 문제가 되지만 말이야. 하지만 공유했다고 하더라도 법정에서 그 사진이 포르노인지 아닌지에 따라 또 판결이 달라질 수 있어. 내 생각엔, 네 양아버지가 널 겁주려고 그렇게 얘기하신 것 같구나."

젠장, 이 아저씨가 정말!

"그분은 제 양아버지가 아닌데요?"

로즈너 경감이 일어서서 투박한 손으로 나를 잡으며 말했다.

"자, 그만 집에 돌아가. 그리 걱정하지 않아도 된다. 접수된 신고가 없어."

이쯤 되니 반대로 어제 하랄드 아저씨가 내 목을 조르며 위협한 것을 신고하고 싶었다. 하지만 그러려고 온 것은 아니니….

"더 할 얘기가 있니?"

나는 안절부절못하며 의자에서 뭉그적거렸다.

로즈너 경감이 골똘히 생각하는 표정으로 나를 바라봤다.

"음, 커피 한 잔 할래?"

나는 고개를 끄덕였다.

로즈너 경감이 나한테 커피 한 잔을 주고 다시 자리에 앉았고, 나는 모든 이야기를 털어놓기 시작했다. 해변 파티에서 생긴 일부터 알렉스의 프렌드북 계정으로 로그인 한 일, 안나의 자살 기도까지 모두. 하지만 모든 걸 털어놓았는데도 기분은 영 찜찜했다.

"아주 교묘한 범죄를 저지른 건 아니구나. 하지만 안 좋은 행동인 건 맞아."

"저도 알아요."

"정말 안타까운 일이야."

로즈너 경감이 잠시 멈췄다가 말을 이었다.

"하지만 그 행동의 결과로 어떤 사람이 자살 기도를 했다는 것 자체로는 형사처벌이 되지 않는단다."

"그건 이해가 잘 안 되네요. 저한테 책임이 있잖아요."

로즈너 경감이 턱수염을 쓰다듬으며 대답했다.

"도의적으로는 그렇지만, 법적으로는 그렇지 않아."

나는 커피 한 모금을 마셨다. 쓴맛이 났다.

"그럼 전 이제 어떻게 되는 건가요?"

나는 그때, 여태까지 로즈너 경감이 내 얘기를 들으며 아무 메모도 하지 않았다는 사실을 깨달았다. 로즈너 경감은 손에 든 펜을 빙빙 돌리고만 있었다.

"자, 한 가지는 명확해. 넌 그 일로 양심의 가책을 크게 느끼고 있어. 정말로 크게. 그럼, 이제부터 내가 네 진술을 모두 기록하마. 그럼 우린 이 사건을 좀 더 명확히 파악해볼 수 있겠지. 그렇게 하는 데 동의하니?"

나는 숨을 크게 들이쉬었다.

"네. 동의합니다."

로즈너 경감이 숱이 많은 눈썹을 치켜세우며 말했다.

"그래, 좋아. 이 사건을 기록하고 나면 네 사건은 정식으로 접수된단다. 나이는? 열여섯? 열일곱?"

"만으로 열다섯 살 반요."

로즈너 경감이 고개를 끄덕였다.

"미성년자구나. 그럼 네 진술을 받으려면 부모님이 동행해주셔야 해."

"네?!"

나는 믿을 수 없어서 소리쳤다.

"꼭 그래야 하나요? 엄마가 이 소식을 들으면 기절할지도 몰라요."

"아빠는?"

이런 호구 조사는 정말이지 싫다.

"부모님은 따로 사시고 아빠와 저는 사이가 좋지 않아요."

"그렇구나."

로즈너 경감이 일어서면서 말을 이었다.

"미안하지만, 그럼 오늘은 할 수 있는 게 없어."

"어떻게 그럴 수 있죠?"

나는 흥분하기 시작했다.

“저는 제 행동에 대해 모든 책임을 지려고 여기까지 어렵게 왔어요. 그런데 아무것도 들어줄 수 없다고요?!”

내 목소리가 점점 더 커졌다.

“제 진술을 기록하셔야 해요! 다 제 잘못이에요. 알렉스는 잘못이 없어요. 알렉산더 슈바르츠는 잘못이 없다고요!”

“알렉산더 슈바르츠라고 했니?”

로즈너 경감이 이마를 찌푸리며 물었다.

“어쩐지 들어본 이름 같은데?”

로즈너 경감이 컴퓨터 앞으로 가서 뭔가를 검색했다.

“아, 이 이름은 조회가 되는구나. 그런데 알렉산더 슈바르츠 건은 이미 종결됐어.”

“네? 종결됐다고요? 뭔가 오류가 있을 거예요.”

“자, 여기 명확히 쓰여 있단다. ‘알렉산더 슈바르츠는 모든 죄를 인정했다.’ 인정하면 사건은 종결되지. 형사 사건으로는 말이야.”

“하지만 그건 저였어요. 제가 그 사진을 공유한 거라고요. 전 그걸 언제 어디서 올렸는지도 말할 수 있….”

“자, 얘야, 그만 됐다.”

로즈너 경감이 내 말을 잘랐다.

“애초에 넌 있지도 않은 신고 때문에 여길 찾아왔어. 그리고 이젠 다른 사람이 이미 죄를 인정해서 수사가 종결된 범행에 대해 자기 죄라고 주장하고 있어. 두 경우 다 더 이상 해결할 방법은 없으니 이제 그만 집으로 돌아가려무나.”

내가 어쩔 줄 몰라 가만히 있자, 로즈너 경감이 책상 위로 몸을 숙이며 말했다.

"자, 어서. 뒤에 다른 사건이 기다리고 있단다."

나는 어쩔 수 없이 느릿느릿 일어섰다.

"하지만 알렉스가 그걸 왜 인정한 거죠?"

아직도 믿어지지가 않았다.

이제 빨리 가보라는 듯 로즈너 경감이 말했다.

"자, 조언을 하나 해주마! 알렉스가 정말 네 친구라면, 직접 물어보려무나."

25

## 언제 말하려고 결심했어?

집에 들어가기 싫다. 학교에도 가기 싫다. 알렉스를 볼 자신이 없다. 로즈너 경감과 대화를 마친 뒤, 나는 평일인데도 마치 토요일인 것처럼 시내 쇼핑센터로 향했다. 쇼핑센터 안에는 빨간색 기계를 탄 청소부들이 타일 바닥에 물걸레질 자국을 남기며 청소하고 있었다.

아직 대부분의 가게들이 문을 열기 전이라서, 나는 엑스박스를 가지고 놀려고 에스컬레이터를 타고 올라갔다. 하지만 전자제품 매장에 가보니 콘솔도, 모니터도 꺼져 있었다.

내가 쳐다보자 매장 직원이 이렇게 말했다.

"게임기 콘솔은 오후 두 시까지는 꺼져 있어."

그러고는 밉살스럽게 웃으며 말을 이었다.

"학교 안 가고 여기 오는 애들이 있어서 말이야."

나는 결국 맥도날드에 가서 머리가 띵하도록 차가운 콜라를 벌컥벌컥 들이켰다.

이제 뭘 해야 하나? 남몰래 달아날까? 어디든 나를 아는 사람이 아무도 없는 곳으로?

나는 호주머니에 손을 넣어 스쿠터를 사기 위해 모은 돈이 얼마인지 헤아려봤다. 아침에 조심스럽게 상자에서 꺼내 가지고 나온 돈이다. 그런데 100유로가 비는 것 같다. 엄마가 또 '빌려' 간 모양이다.

참 대단한 엄마다. 엄마가 기절하든 말든, 까짓거 경찰서에 신고해버릴까. 잠깐, 그런데 경찰이 수사하면 사실이 밝혀질 텐데 알렉스는 왜 자기가 했다고 인정한 거지?! 도대체 왜? 아빠가 그러라고 시켰나?

로즈너 경감 말이 맞다. 그걸 정말 알고 싶다면 알렉스한테 직접 물어봐야 한다. 하지만 그러려면 결국 알렉스한테 내 잘못을 고백해야 할 텐데….

나는 학교가 끝난 학생들이 맥도날드로 몰려올 때까지도 결정을 못 내리고 우물쭈물 앉아만 있었다. 그러다 무거운 마음으로 몸을 일으켜 세웠다.

알렉스는 집에 없었다. 청소하러 온 것 같은 아주머니 한 분이 정원 입구에 앉아 있다가 나한테 서툰 독일어로 알렉스는 지금 항구에 가 있다고 알려줬다. 지금쯤 보트를 타며 즐거운 시간을 보내고 있을 거라고 했다. 알렉스가 간 곳은 강 지류 부근으로,

나무가 울창한 곳이라고 했다. 알렉스가 한번 그곳에 같이 가자고 해서 나도 가본 적이 있는데, 정확히 기억은 안 나지만 그리 좋은 곳은 아니었다.

알렉스의 호화로운 모터보트는 확실히 기억난다. 청소회사 사장인 알렉스의 아빠가 그 모터보트에 '피코벨라'라는 꽃 이름을 붙여주었다고 해서 잊어버리지 않았다.

환한 정오의 햇살이 부서지는 강물 위로 수양버들이 긴 가지를 드리우고 있었다. 보트들이 정박된 곳에 다다르자 그중 한 보트 위에 있는 알렉스의 실루엣이 보였다. 알렉스는 해진 바지를 입고는 보트 닦는 데 열중하고 있었다.

내가 온 걸 알아차린 알렉스가 손을 들어 인사했다. 보트를 묶어둔 철제 기둥 옆에는 파란색 아이스박스가 놓여 있었다.

알렉스가 알 수 없는 눈빛으로 나를 훑어보더니 물었다.

"수련회 간 거 아니었어?"

"사건이 좀 있었어. 수련회 중간에 다들 돌아왔어."

나는 잠시 멈췄다가 말을 이었다.

"하지만 수련회가 중단돼서 여기 온 건 아니고, 너랑 할 얘기가 있어서… 중요한 얘기야."

나무로 된 작은 다리가 물 위에서 가볍게 흔들거렸다.

"좋아."

알렉스가 바지 주머니에서 핸드폰을 꺼내 나한테 주며 말을 이었다.

"언제 말하려고 결심했어?"

나는 깜짝 놀라서 알렉스가 준 핸드폰 화면을 봤다. 거기에는 커플로 보이는 남녀 한 쌍이 있었다. 여자가 남자의 어깨에 머리를 기대고 있었다. 저녁이라 어둡게 나오긴 했지만 수련회에서의 리키와 나의 모습이 분명했다. 누군가 핸드폰으로 우리를 몰래 찍었나 보다.

"어… 어디서 이걸?"

나도 모르게 말을 더듬고 말았다.

"누가 나한테 보내줬어."

알렉스의 얼굴에는 경멸의 감정이 그대로 드러나 있었다.

"이 사진 때문에 얼마나 많은 생각을 했는지 몰라."

그러고는 알렉스가 자기 핸드폰을 다시 가져갔다.

"조쉬 너에 대한 생각을 많이 했지. 그리고 이 모든 일에 대해 충분히 생각할 시간을 가졌어. 생각할 때마다 언제나 같은 결론에 이르렀어. 안나 사건의 범인이 너인 것 같다는 결론."

정말 알고 있었던 건가? 아니면 그냥 떠보는 건가? 입이 바짝바짝 말랐다. 양말을 신지 않은 알렉스의 맨발, 정말 멋진 풍경을 연출하는 강가의 수양버들, 그리고 평화롭게 물 위로 고개를 내밀고 있는 검둥오리의 모습이 눈에 들어왔다. 거짓말의 시간은 이제 다 지난 것 같았다.

"응, 사실이야." 나는 순순히 인정했다. "그거 말하려고 온 거야."

알렉스가 잠자코 고개를 끄덕였다.

나는 알렉스의 다음 행동을 예상해봤다. 내 얼굴을 주먹으로 치고 그다음엔 배를 두 번쯤 치지 않을까. 아니면 한 방에 나를 밀어트려서 강에 빠트리지 않을까. 하지만 아무 일도 일어나지 않았다. 알렉스는 가만히 서서 내 얼굴을 쳐다볼 뿐이었다.

잠시 정적이 흘렀다.

정말 힘든 시간이었다.

"내가 무슨 생각으로 그랬는지 모르겠어. 정말 미안해, 알렉스. 진심으로."

하지만 알렉스는 꼼짝도 안 하고 나를 쳐다보기만 했다.

어쩌면 당연하다. 내가 하는 소리가 얼마나 멍청하고 터무니없고 공허하게 들릴까. 내 고백은 이제 아무 의미도 없게 됐다.

"더 빨리 말해야 했다는 거 알아. 난 정말 멍청한 겁쟁이였어. 매번 고백할 타이밍을 놓쳤지. 오늘은 그래서 아예 경찰서에 갔어. 모든 걸 자백하려고."

알렉스가 냉소적으로 웃었다.

"좀 늦었다고 생각되진 않아?"

"응, 맞아. 경찰서에선 네가 모든 걸 인정했다고 했어. 맞아?"

알렉스가 아이스박스에서 음료수 캔을 꺼내며 말했다.

"지난주에 다 인정했지. 그리고 그건 내가 이 사진을 보기 전이었고."

나는 궁금해졌다.

"왜 그랬어? 알렉스 네가 한 게 아니잖아."

알렉스가 차가운 음료수 캔을 이마에 대고 말했다.

"그냥 내가 다 덮어쓰고 넘어가려고 했지. 내가 눈 딱 감고 인정하면 다시 일상으로 돌아갈 수 있을 거라고 생각했어. 덕분에 난 사회봉사 시간을 다시 채워야 하는 상황이야. 아빠도 청소하는 벌을 주셨지. 어제는 아빠 회사 차를 박박 닦았고, 오늘은 보다시피 보트 청소고, 내일은 창고 청소야. 하지만 아주 못 견딜 정도의 벌은 아니야."

"내가 사람들한테 다 말할게. 너희 아빠한테도 말이야. 다 인정하고 말할게. 이제 날 믿어줘. 그동안 거짓말을 너무 많이 했어."

"이제 와서 뭐하러? 네 마음만 더 홀가분해지라고?"

알렉스가 캔을 따고는 경멸스러운 눈으로 나를 쳐다봤다.

"난 네 죄책감이 덜어지길 바라지 않아. 그냥 나쁜 놈으로 계속 살았으면 좋겠어. 넌 이미 나한테 아주 교활하고 역겨운 놈이니까 말이야."

나는 그저 바닥만 내려다봤다.

"그거 알아? 처음에 이 모든 걸 알았을 땐 조쉬 너한테 정말 화가 많이 났었어."

알렉스가 아이스박스를 내려놓고 음료수를 한 모금 마셨다.

"하지만 아까 말했듯이, 나한텐 이 모든 일을 충분히 되짚어볼 시간이 있었어. 정리하는 데 확실히 도움이 됐지. 과연 내가 안나의 사진을 먼저 봤더라도 너처럼 장난스러운 글을 붙여 공유했을까? 아마 그랬을 거야. 그리고 내가 그랬다면 안나가 내 장난 때문에 자살 기도를 할 거라고 예상할 수 있었을까? 아마 아니었을 거야. 그러니까 장난을 친 것까진 이해가 돼. 그런데 나머지 한 가지가 끝까지 이해 안 됐지. 장난친 사람이 왜 하필 '너'일까? 내가 너한테 무슨 짓을 했다고? 난 우리가 친구인 줄 알았는데 말이야. 내가 착각했나 봐."

물결이 시끄러운 소리를 내며 선체에 부딪쳤다.

어떻게 설명해야 할지 모르겠다.

"그냥 심심하고 기분이 좋지 않아서."

"심심하고 기분이 좋지 않았다?"

알렉스가 빈정대며 웃었다.

"안나한테도 가서 그렇게 말해보시지. 착한 안나라면 그 말도 안 되는 소릴 기꺼이 들어줄지도 모르지."

"정말이야, 알렉스. 정말이야."

알렉스가 손등으로 음료수 거품이 묻은 입가를 훔치며 말했다.

"자, 보자. 우리의 얄미운 조쉬가 어느 날 너무너무 심심한 나머지 내 계정을 굳이 해킹까지 하는 수고를 해서 내 이름으로 로그인 하고 나한테 온 메시지를 몰래 훔쳐 읽고, 그저 심심해서 거기서 본 안나 사진을 혐오스러운 글과 함께 나인 척하고 포스팅했다? 그 심심한 시점에 마침 우연히 시립 도서관에 있었고, 마침 프리 와이파이가 잡혀서 그걸로 접속을 했다?"

알렉스가 고개를 저으며 말을 이었다.

"조쉬 네가 들어도 말이 안 되잖아. 분명 다른 이유가 있었을 텐데."

나는 헛기침을 했다.

"유치한 소리로 들리겠지만, 난 네가 싫었어."

"내가?" 알렉스가 깜짝 놀라서 물었다. "왜? 내가 너한테 뭘 했다고?"

"음…" 나는 주저하며 말했다. "해변 파티에 날 초대하지 않았잖아. 정말 소외된 느낌이었어."

"또 그 얘기야? 널 초대했다고 도대체 몇 번이나 말해야 알아듣겠냐, 이 멍청아! 난 내 연락처에 있는 모든 사람한테 한꺼번에 초대장을 돌렸어. 당연히 너도 초대했지."

"네가 나랑 프렌드북 친구관계 끊었잖아. 그건 잊었어?"

"뭐? 내가 친구관계를 끊었다고?"

알렉스가 기가 차다는 표정으로 나를 봤다.

"도대체 무슨 소리야? 헛소리 그만해! 난 누구든 친구관계를 먼저 끊은 적이 단 한 번도 없어. 네가 실수로 메시지를 안 읽어 놓고는 안나한테 그런 몹쓸 짓까지 한 거야?"

머리가 혼란스러워졌다. 왜 내가 메시지를 읽지 못한 경우를 생각 못 했지?

"그래, 내가 좀 심했다 치자." 나는 이미 자신이 없어졌지만 계속 설명했다. "하지만 그때 몇 주 전부터 우리 사이가 서먹했던 건 사실이잖아."

알렉스가 못마땅하다는 듯 눈을 까뒤집으며 말했다.

"어휴, 그렇다면 왜 그렇게 됐던 것 같은데?"

"내가 네 헬멧을 사겠다고 해놓고 돈을 안 줘서 그런 거 아냐?"

"너, 진짜 미쳤구나?"

알렉스가 믿지 못하겠다는 표정으로 나를 보며 말을 이었다.

"그 망할 돈 안 줘도 돼! 네 논리는 정말 이해가 안 된다."

"뭐가?" 이번엔 나도 화가 났다. "무슨 소리야?"

"조쉬, 내가 변한 게 아니라 네가 변한 거야."

"아니야!"

"자, 봐봐. 넌 여러 명이 모이기만 하면 언제나 급격히 흥미를 잃었어. 다른 애를 데리고 오면 바로 건들거리는 태도를 보이면서 그 애의 어느 부분이 맘에 안 드는지 나한테 시시콜콜 말하곤 했지. 생각해봐. 난 파티에 널 매번 데려가려 했지만 네가 다 거절했어. 제대로 한번 떠올려봐, 조쉬. 내가 초대한 해변 파티에 네가 오지 않아도 난 전혀 놀라울 게 없었어. 넌 그전부터 내 초대를 계속 거절했으니까!"

알렉스가 음료수를 한 모금 더 마시고 말을 이었다.

"스스로를 좀 객관적으로 봐. 넌 똑똑한 녀석이긴 하지만, 동시에 좀 성가셨어. 넌 늘 내가 너만의 친구이길 바랐어. 꼭 사랑에 빠진 커플처럼 말이야. 하지만 너랑 달리 난 많은 친구들이 필요해. 다양한 친구들이 필요하다고."

나는 깊은 상처를 받고 조용히 있었다.

"나야말로 정말 너한테 완전 실망이야, 조쉬!"

나는 혼란스러운 와중에 무슨 말을 할지 찾다가 겨우 생각난 말을 내뱉었다.

"하지만… 어쨌든 이 상황에서 내가 할 수 있는 일이 있을 거야."

"그래, 하나 남았지. 리키가 이 모든 걸 알아야지! 너한테 24시간을 줄게. 그 안에 리키한테 모든 걸 말해. 네가 그때까지 하지 않는다면 내가 하겠어."

결국 다시 리키 문제로 돌아왔구나. 나는 속으로 생각했다. 다시 리키라는 원점으로 돌아왔다.

## 26

# 친구끼리 그런 짓은 안 해

이전에 알렉스의 보트에 왔을 때에도 리키 때문에 다퉜었다. 당시 우리의 친구관계는 이미 서서히 멀어지던 중이었다. 점점 만나는 횟수가 적어졌고, 나나 알렉스나 만나자고 약속해도 한동안 서로 지키지 못했다. 언젠가 한 번은 알렉스가 만나기로 한 시간이 되기 조금 전에 전화해서는 갑자기 볼일이 생겼다며 약속을 취소하기도 했다. 또 아예 전화조차 받지 않은 적도 있다. 그럴 때 보면 알렉스는 늘 예전에 어울리던 다른 친구들과 놀고 있었다. 그런 알렉스를 보며 나는 알렉스가 나를 일부러 멀리한다는 생각을 지울 수가 없었다.

나중에야 그 이유를 알 것 같았다. 알렉스가 리키를 좋아하기 시작한 것이다.

알렉스는 언제부턴가 갑자기 리키의 주변을 맴돌았고, 학교 식당에서 늘 리키의 주변에 앉았다. 물론 순전히 우연일 수도 있지만. 어느 날 방과 후에 나는 리키가 알렉스의 스쿠터 헬멧을 쓰고 있는 걸 봤다. 알렉스가 리키를 집에 데려다주려는 게 분명했다. 저게 과연 그저 '어떤 애인지 알아봐주려고' 하는 행동이란 말인가?

알렉스와 얘기하는 게 너무 어려운 일이었기 때문에, 나는 알렉스가 자기 아빠 보트에 한번 놀러 오라고 제안했을 때 정말 기뻤다. 드디어 제대로 리키 얘기를 해볼 수 있겠구나 싶었다.

내가 항구에 도착했을 때, 알렉스는 보트 가장자리에 무릎 꿇고 앉아서 강물에 드리워진 밧줄을 끌어 올리고 있었다.

"이것 좀 들어줘."

알렉스가 소리치면서 나한테 물에 젖은 작은 봉지를 내밀었다. 물이 갑판 위로 뚝뚝 떨어졌다.

"그게 뭔데?"

"아, 이건 말이야, 우리 아빠가 숨겨둔 멋진 보물!"

알렉스가 흠뻑 젖은 봉지의 매듭을 풀더니, 한 움큼의 조약돌 사이에 있는 닻 모양 열쇠고리가 달린 열쇠를 의기양양하게 잡아 뽑았다.

"아무한테도 말하지 마! 아빠가 어디에 보트 열쇠를 보관하는지 다른 사람이 알면 보트를 훔칠지도 모르니까."

나는 말없이 알렉스가 선실 문을 여는 모습을 바라봤다.

"근데 무슨 일이야?" 알렉스가 물었다. "왜 이렇게 말이 없어. 오늘 컨디션이 별로 안 좋아?"

그러고는 내 대답을 기다리지도 않고 재빨리 불을 켜고 계단을 올라갔다.

"어서 와서 나 좀 도와줘. 이거 다 해야 돼!"

알렉스가 능숙하게 갑판으로 올라가서 보트를 싸고 있던 비닐 덮개를 벗겼다.

"자, 이제 출발할까?"

나는 놀란 눈으로 물건들이 담긴 봉지와 아이스박스를 봤다.

"우리, 보트 여행 하는 거야? 아니면 뭐 계획한 게 있는 거야?"

"음, 좋은 질문이야."

알렉스가 손목시계를 보며 유쾌하게 웃고는 보트 위에 식료품을 옮겨 싣기 시작했다.

"언젠가 이 작은 배를 타고 여행을 가보는 것도 좋겠다. 자, 보고만 있지 말고 나 좀 도와줘."

"알렉스, 난 일해주러 온 거 아냐."

"지난번 사회봉사 같이 할 때 보니까 일 잘하던데?"

나는 기분이 한껏 들뜬 알렉스 때문에 오히려 짜증이 났다.

"너랑 할 얘기가 있다니까."

알렉스가 꽉 찬 식료품 봉지를 들고 나를 내려다보며 말했다.

"넌 나랑 얘기하려고 약속을 잡았겠지만, 난 네가 날 좀 도와줬으면 해서 약속을 잡았어. 어차피 이렇게 된 거, 그냥 나 좀 도와주면서 그사이에 얘길 나누는 건 어때?"

나는 한숨을 쉬고는 아이스박스를 갑판 위에 올려놓고 알렉스를 따라 선실로 갔다.

넓은 선실 안에는 간이 부엌이 있었고, 그 옆에는 식탁과 작은 의자가 놓여 있었다. 그리고 2인용 침대도 있었는데 그 위에는 작은 강아지들이 인쇄된 쿠션들이 널브러져 있었다.

알렉스가 봉지에서 물건들을 마구 꺼냈다.

"나랑 무슨 얘길 그렇게 하고 싶은데?"

알렉스의 명랑한 목소리를 듣고 나는 이미 알렉스가 안다는 걸 느꼈다. 알렉스는 내가 알고 있다는 걸 아는 것이다.

"리키 얘기야."

내가 말문을 열자, 알렉스가 등을 돌려 창문의 커튼을 치고 접시 두 개를 내왔다.

"리키 얘기?"

그러고는 과자 한 봉지를 뜯어 접시에 쏟아 부었다.

"리키에 대한 어떤 얘기인데?"

"내가 봤을 때 네가 요즘 들어 계속 리키 주변을 맴도는 것 같아."

"아, 그래?"

알렉스가 나한테 눈을 흘기더니 두 번째 접시에 다른 과자를 쏟아 담았다.

"아무리 그래도 조쉬 너보단 덜하지."

"넌 리키랑 대화도 하기 시작했잖아."

하지만 알렉스는 내가 기분이 상해 있다는 걸 모르는 듯했다.

"내가 리키랑 대화를 못 할 게 뭐가 있어? 리키는 친절해."

알렉스가 얼굴을 찡그리면서 핸드폰을 꺼내 음악을 틀었다. 익숙한 인터폴의 노래가 흘러나왔다. 알렉스가 흡족한 표정을 지으며 시계를 쳐다봤다.

"다 너같이 꿀 먹은 벙어리인 건 아냐."

알렉스의 태연한 농담들이 나를 더 화나게 했다.

"내가 지켜봤는데, 너도 리키 좋아하게 됐지? 그냥 인정해!"

"진정해, 조쉬."

알렉스가 나를 달래고 나서 알록달록한 외부 조명을 켰다.

"내가 진정이 되겠냐?"

내가 도전적으로 말하자, 알렉스가 나한테 음료수 캔을 건넸다. 그런 뒤 접시를 두 손에 들고 밖으로 나가며 말했다.

"음료수 좀 마시면서 진정하지그래?"

나는 말없이 알렉스를 따라 나갔다. 알렉스의 회피하는 듯한 대답이 내 화를 더 돋웠다.

갑판에 올라간 알렉스가 강물에 비치는 알록달록한 외부 조명들을 만족스럽게 바라봤다.

"여긴 정말 평화로워, 안 그래? 넌 지금 너무 예민해졌어."

그러고는 캠핑 의자 두 개를 펴고 의자에 앉았다.

알렉스의 저 여유로운 태도가 나를 진짜로 예민하게 만들었다.

"괜찮은 앤지 알아봐주겠다고만 했잖아!"

"자, 잘 들어봐. 조쉬 넌 리키에 대해 마치 쇼윈도 안에 진열된 재킷을 말하듯 하잖아. 하지만 리키는 사람이야. 살아 있는 사람이라고."

"내가 무슨 말 하는지 알잖아." 나는 상처 받은 마음을 숨기며 말했다. "리키를 좋아한다고 너한테 처음 털어놨잖아."

알렉스가 과자를 한 움큼 집어 입에 가득 털어 넣고는 우걱우걱 소리를 내며 씹었다.

"내가 말하지 않았으면 넌 리키의 존재를 아예 몰랐을 거야. 날 도와줄 것처럼 말해놓고 이제 와서 나랑 리키 사이를 갈라?"

"갈랐다고? 방금 농담한 거지?" 알렉스가 조용히 말했다. "넌 애초에 리키랑 아무 관계도 아니었어. 어떻게 얘기가 그렇게 되는 거야? 리키가 근처에 오기만 해도 넌 숨도 못 쉬잖아."

"무슨 말도 안 되는 소리야!" 정곡을 찔린 나는 더 격분해 소리쳤다. 그렇다 하더라도 누가 리키한테 치근대는 건 싫다. "친구끼리 그런 짓은 하면 안 되잖아."

"네 말이 맞아. 친구끼린 그럼 안 되지." 알렉스가 부드럽게 웃으며 말했다. "하나 알려줄까? 난 어차피 리키한테 안 되는 것 같아. 네 말이 맞아! 난 어차피 가망도 없어!"

하지만 나는 알렉스의 말이 곧이곧대로 들리지 않았다.

"둘 사이에 아무 일 없었어?"

알렉스가 고개를 저었다.

"내 생각엔, 리키가 딱히 나한테 기회를 주지 않는 것 같아."

"날 위로하려고 하는 말이지?"

"아니야, 정말로. 리키는 아직도 날 뇌막염에 걸리기 전의 알렉스로 생각하는 것 같아. 하지만 넌 알잖아. 난 이제 인공판막이나 달고 다니는 떠버리일 뿐이란 걸."

"리키랑 데이트는 했어?"

"제대로 된 데이트는 아니고. 리키의 수영 수업이 끝나고 집에 데려다주겠다고 한 적이 있어. 하지만 다른 여학생들이 그 주변에 많았지. 샤이엔도 있었고. 샤이엔은 완전 미쳤어. 걔는 언제나 질투로 불타오른다니까. 근데 너, 그거 알아? 샤이엔하고 핑크 레이디스 애들은 자기들만의 우정 팔찌를 갖고 있다는 거?"

이제 알렉스가 뭘 하려는지 알겠다. 알렉스는 지금 자기 장점을 살려 웃긴 얘기에 정신 팔리게 만들고, 웃음으로 무마하려는 것이다. 그게 바로 알렉스의 주특기다. 하지만 나는 말려들고 싶지 않았다. 특히 오늘만큼은.

"핑크 레이디스가 어떻든 하나도 상관없어." 나는 거칠게 쏘아붙였다. "지금 너의 그런 태도, 정말 추하다. 실망이야."

내가 계속 분통을 터트렸지만 알렉스는 전혀 화가 나지 않는 듯했다.

"잘 들어봐, 조쉬. 우리 우정이 왜 그것 때문에 깨져야 하지? 규칙을 정하면 되잖아."

"아, 그래? 무슨 규칙?"

"리키한테 결정하게 하자. 우리 둘 다 리키의 결정에 영향을 못 주니까 공정하잖아."

알렉스가 환하게 웃으며 말을 이었다.

"누가 알겠어, 리키가 우리 둘 다 선택을 안 하게 될지?"

나는 웃을 수도, 화낼 수도 없었다. 갑자기 보트가 기우뚱거리더니 리키가 내 눈앞에 나타났기 때문이다. 리키의 뒤에서는 안나가 보트 위로 올라오려 하고 있었다.

"안녕! 우리가 너무 일찍 왔나?"

알렉스가 몇 분 전에 설명하려고 했던 게 뭔지 알았다. 나는 실제로 리키의 눈길에 숨 쉬는 법을 잊어버렸다. 내가 숨도 제대로 못 쉬고 리키를 바라보고 있는 동안, 알렉스는 점프를 해서 안나가 갑판 위로 올라오는 걸 도왔다.

"풍경이 끝내준다." 리키가 저녁노을에 물든 강물을 바라보며 말을 이었다. "이 보트는 누구 거야?"

"우리 아빠 거." 알렉스가 리키의 곁에 다가서며 말했다.

"스페인에 살 때, 우리 집도 보트가 있었어." 리키가 말했다.

안나는 아무 말 없이 바닥만 바라보고, 나 역시 두 손을 바지 주머니에 찔러 넣고 가만히 있었다.

"여긴 내 절친 조쉬야."

알렉스가 우리와 같은 반인 리키와 안나한테 새삼스럽게 나를 소개했다.

안나가 가냘픈 목소리로 말했다.

"난 아홉 시까지 집에 들어가야 해."

안나의 말을 듣는 순간 모든 게 명확해졌다. 알렉스에겐 다 계획이 있었다. 자기는 리키와 이 저녁을 즐기고, 그동안 나한테 안나를 떠맡길 셈이겠지. 하지만 나는 말려들지 않을 것이다. 그런 바보 멍청이 같은 노릇을 해줄 생각은 눈곱만큼도 없다.

"난 이만 갈게!"

나는 큰 소리로 그렇게 외치고 서둘러 보트에서 내렸다. 이런 행동은 알렉스도 전혀 예상하지 못했겠지.

"조쉬, 잠시만."

알렉스가 뒤에서 외쳤다.

하지만 나는 뒤도 돌아보지 않고 그곳을 떠났다. 내가 없으니 알렉스는 이제 수녀를 어떻게 떼어놓을지 골머리를 앓게 되겠지.

화가 난 채 시멘트 계단을 뛰어 올라가다가 파올로와 마주쳤다. 파올로는 놀라서 손에 들고 있던 음료수 병을 놓칠 뻔했다. 파올로 뒤에는 엘자와 더블D가 따라오고 있었다.

"헤이, 조쉬. 너, 왜 여기 있어?" 엘자가 물었다. "보트 파티에 안 갈 거야?"

나는 침을 삼켰다. 오늘이 파티라니! 하지만 돌아가기엔 이미 늦었다.

"집에 뭘 놓고 와서."

결국 나는 그렇게 중얼거리고 말았다.

나는 정말 쿨하지 못하다. 진짜진짜 쿨하지 못한 인간이다.

# 태어나서, 실패만 하다가, 죽다

경찰서에서 자백하는 것도 실패하고 알렉스한테 사과하는 것도 실패한 나는 의기소침해져서 집에 돌아왔다. 알렉스는 내 성격을 제대로 파악하고 있다. 나는 세상에 둘도 없는 멍청이이자 나쁜 놈이다.

엄마가 집 열쇠를 뺏어 간 탓에 초인종을 누를 수밖에 없었다. 엄마가 문을 열어줬고, 그다음에 엄마가 어떻게 반응할지는 뻔했다. 나를 무시하고 그냥 방으로 들어가버리거나, 몰래 가출했다고 호되게 혼내거나, 둘 중 하나겠지. 하지만 둘 다 아니었다. 엄마는 내가 집을 나갔다는 사실 자체를 모르고 있는 것 같았다. 오히려 신이 나서 거침없이 떠들기 시작했다.

"들어봐, 조쉬. 엄마가 면접을 보게 됐어!"

엄마가 두 주먹을 허공에 흔들면서 환호성을 질렀다.

"바로 내일 말이야! 방금 전에 전화가 왔어. 멋지지 않니?"

그러고는 내 목을 끌어안았다.

하랄드 아저씨의 신고 얘기 따윈 없었다. 어제만 해도 영원히 안 볼 것처럼 굴더니 하루아침에 다시 둘도 없는 친구가 된 느낌이다. 엄마의 이런 감정 기복은 정말이지 괴롭다. 거참 행복한 가정이네!

정말 피곤하다. 이제 그만 쉬고 싶다. 혼자 있고 싶다. 하지만 어떻게? 기진맥진해진 나는 유리컵에 물을 따라서 들고 소파에 앉아 엄마를 가만히 쳐다봤다.

엄마는 머리를 염색 중이었다. 투명한 비닐 랩으로 머리를 감싼 채 이 방 저 방 왔다 갔다 하며, 지치지도 않고 여기저기 밖에서 가져온 구인공고 쪽지들을 마구 어질러놓고 있다. 그중에 원하는 쪽지를 찾아낸다면 기적일 것 같다. 왜냐하면 일자리 공고뿐 아니라 영수증, 편지를 비롯한 다른 종이 문서들이 거실 이곳저곳에 흩어져 있기 때문이다.

소파 탁자 위에 노트북이 놓여 있고, 그 옆에는 반쯤 마신 와인잔이 보인다. 노트북 화면에는 엄마의 이력서가 띄워져 있다. 리키가 내 메시지에 답장을 했는지 확인해볼 수 있는 기회다. 이참에 알렉스의 파티 초대와 친구관계가 끊어진 게 대체 어떻게 된 일인지도 확인해보고 싶어졌다.

그런데 노트북을 가져오기도 전에 엄마가 들어와버렸다. 엄마가 나를 보더니 이상하게 화를 내는 대신 아주 부드러운 말투로 말을 걸었다.

"아아 조쉬, 엄마 이력서에 오탈자 없는지 한번 봐줄래? 넌 국어를 잘하잖아."

엄마가 미소를 지으며 내 어깨에 손을 올렸다.

"내일이면 준비가 끝나. 사진만 찍으면 돼."

엄마의 목소리는 명랑했지만, 왠지 피곤해 보였다. 엄마의 눈 밑 주름이 도드라져 보인다. 염색약을 바른 머리카락 사이사이에 포일들이 삐죽삐죽 우스꽝스럽게 끼워져 있고, 그것들이 엄마를 더욱 창백하고 나이 들어 보이게 만든다.

엄마가 한 손으로 와인 잔을 들고 말했다.

"들어봐, 아들. 엄마가 부탁 하나만 하고 싶은데… 혹시 돈 좀 빌려줄래? 엄마가 어쩌다 보니 돈을 다 써버렸네."

그래서 아까부터 부드러운 말투였군. 나는 속으로 생각했다. 나한테서 뭘 원할 때면 늘 그렇다.

"제발, 조쉬. 실은 네가 침대 밑 작은 상자에 돈을 모으고 있다는 거 알고 있어."

얼마 전 100유로가 비어서 놀랐던 게 갑자기 생각났다.

"혹시 그 돈 다 꺼내 쓴 건 아니죠?"

"에이, 아니지." 엄마가 우물거리며 말했다. "왜? 왜 내가 다 썼는지 묻는 거니?"

"100유로가 빈 걸 알았거든요."

"그건 엄마가 빌렸다. 너 수련회 가 있는 동안 좀 빌린 거지, 뭐."

엄마가 말을 주저하다가 꼬고 있던 다리를 바꿔 꼬고는 말을 이었다.

"꼭 필요한 걸 사느라 그랬어. 내가 언제 쓰고 안 갚은 적 있니?"

"그게 아니라 가져가기 전에 말이라도 해줘야죠. 아니면 쪽지 하나라도 남길 수 있는 거잖아요. 노트북도 그래요. 항상 말도 없이 가져가잖아요."

"오, 조쉬. 너, 말하는 게 꼭 네 아빠랑 똑같구나. 돈 빌려줄 거니, 말 거니?"

화가 치밀었지만, 나는 목소리를 깔고 말했다.

"얼마 필요한데요?"

엄마가 오른쪽 입꼬리를 올렸다.

"상의 하나만 사면 돼. 내일 면접 때 낡아빠진 옷을 입고 갈 순 없잖니. 100유로만 빌려줄래? 아니다, 120유로면 더 좋고, 150유로면 제일 좋고."

나는 50유로짜리 세 장을 엄마 코앞에 들이밀며 말했다.

"대신 집 열쇠랑 핸드폰 돌려주세요."

"옷장 세 번째 속옷 서랍 안에. 직접 가져가."

엄마는 잽싸게 지폐를 낚아채서 욕실로 들어가버렸다.

핸드폰 배터리는 방전돼 있었다. 충전기에 연결하고 나서 재빨리 노트북 앞에 앉았다.

나는 엄마의 이력서를 훑어보며 빠르게 숫자와 철자만 체크했다. 나도 언젠가 이력서에 내 인생을 정리하게 된다면, 아마 이렇게 쓸 것이다.

**태어나서, 실패만 하다가, 죽다.**

하품을 한 번 한 뒤 프렌드북에 로그인 했다. 리키의 답장은 여전히 없다.

검색을 해보니, 알렉스로부터 온 초대장이나 메시지는 없었다. 그렇지 뭐. 알렉스가 자기는 절대 친구관계를 끊은 적이 없다고 강력히 주장했지만, 이것 좀 보라구. 나 혼자만 나쁜 놈은 아니라는 게 밝혀졌으니 조금은 위안을 해도 되나.

보트에서 알렉스와 나눴던 대화를 다시 곱씹어보는 동안 눈이 스르르 감겨서 그만 자러 가기로 했다. 그런데 막 잠을 자려다가, 갑자기 뭔가가 퍼뜩 생각났다. 순간 온몸의 세포가 다 깨어났다.

정신이 번쩍 나서 다시 한 번 설정 페이지를 살펴봤다. 다시 본 설정 페이지에서 발견한 사실은 나 스스로도 도저히 믿을 수가 없었다. 알렉스가 아니라 바로 '내가' 알렉스와의 친구관계를 끊은 것이었다. 그뿐이 아니었다. 심지어 알렉스를 차단까지 했다. 알렉스가 보낸 메시지는 모두 어딘가 차단 메시지함이나 스팸 메시지함에 버려져 있을 것이다.

나는 숨을 크게 들이쉬었다. 그게 언제였을까? 나는 왜 까맣게 잊어버린 걸까? 그날 저녁 보트에서 만난 리키와 안나와 다른 아이들에 대한 과민반응이었던 걸까? 아니면 리키를 좋아하게 된 알렉스한테 질투심이 폭발했던 걸까?

이런 생각이 갑자기 밀물처럼 밀려 들어와 머리를 어지럽혔다. 전혀 기억이 안 난다! 마치 블랙아웃이 일어난 것 같다. 아니면 알츠하이머병에 걸렸거나. 아니면 컴퓨터 오작동이었는지도 모른다… 프렌드북 서버가 맛이 갔던 건가? 나는 어떻게든 이유를 찾아보려고 했다.

하지만 스스로를 더 이상 속일 수가 없다. 그동안 정말 감쪽같이 나한테 속은 기분이다.

## 28

# 우리가 잘될 일은 없어

엄마 기분이 최고일 때가 나는 더 귀찮고 괴롭다.

거리를 걸으며 엄마는 마치 커플이라도 되는 양 나랑 팔짱을 꼈다. 그리고 쇼핑센터에서 모든 신발 가게와 보석 가게마다 멈춰 서서 쇼윈도 안을 가리키며 이건 어떤지, 저건 어떤지 계속 물었다.

"상의 하나만 살 거라고 했잖아요."

"그냥 보기만 하는데 어때?"

엄마가 연신 새로 염색한 금빛 머리카락을 손으로 쓸며 말을 이었다.

"계속 그렇게 태클 걸 거면 따라오지 말고 그냥 소파에서 잠이나 자지 그랬니."

엄마는 나한테 무슨 일이 있었는지 아무것도 모른다. 내 몸은 쇼핑센터에 있지만 정신은 딴 데 가 있다. 계속해서 같은 생각이 끊임없이 맴돈다.

나는 알렉스를 질투해서 골탕을 먹였다.

내가 바로 안나가 자살을 기도하게 하고 알렉스의 일상을 망쳐 놓은 장본인이다.

나는 리키가 진실을 모른 채 범인이 알렉스라고 오해하는 틈을 타서 내 생각만 하고 리키한테 접근했다.

나는 본의 아니게 나쁜 놈이 되어버렸고, 이젠 그 사실을 자각하고 살아가야만 한다.

"얼굴 펴. 좀 즐기자."

엄마가 작은 가게들이 늘어선 곳으로 나를 데리고 갔다. 탈의실 앞에서 엄마가 옷을 입어보고 나오는 걸 기다리는 동안, 나는 배터리 잔량이 얼마 없다고 뜨는 핸드폰을 확인했다. 여전히 리키의 답장은 없다. 여기로 나오기 전에 리키한테 답장을 달라는 메시지 하나를 더 보냈다. 리키는 왜 답장하지 않는 걸까?

네 번째 가게에서 엄마가 드디어 마음에 드는 블라우스 하나를 찾아냈다.

"심지어 세일 중이야."

엄마가 경쾌한 목소리로 블라우스가 든 쇼핑백을 보여주더니 지갑을 꺼내 흔들며 말했다.

"조각 케이크 먹으러 갈래? 가자, 엄마가 사줄게. 케이크 먹고 나서 네 바지나 하나 보러 가자."

엄마는 분홍색의 푹신한 소파가 있는 카페로 나를 데리고 가서 케이크와 와인을 주문했다. 나는 그냥 콜라 한 잔만 시켰다.

"하—"

엄마가 만족스러운 표정으로 나를 보며 환하게 웃었다.

"이렇게 둘이 외출한 게 얼마 만인지 모르겠구나."

엄마가 기분이 아주 좋을 땐 함정이 있다. 이러다 갑자기 뭔가 마음에 들지 않으면 극도로 예민해지곤 한다.

케이크를 먹고 나서 엄마는 즉석 사진 부스를 찾아다녔다. 그런데 하필 그 기계는 샤이엔의 아이스카페 옆에 있었다. 우리는 일단 찍고 싶은 포즈로 사진을 한 컷 찍었다. 엄마는 곁눈질도 하고 혀를 쭉 내밀기도 했지만, 나는 그저 올해의 바보 대회라도 나간 것처럼 가만히 카메라를 쳐다봤다. 그런 뒤 엄마는 이제 증명사진을 찍어야 한다며 새로 산 블라우스가 든 쇼핑백과 함께 나를 밖으로 밀어 내보냈다.

부스 밖으로 나온 나는 다시 한 번 핸드폰을 봤지만, 하필이면 배터리가 나갔다. 짜증이 난 채 고개를 들었는데, 놀랍게도 리키가 있었다! 여기에. 이 쇼핑센터에.

먼저 눈에 들어온 건 리키의 앞치마였다. 리키가 야자수가 그려진 파란색 아이스크림 컵을 테이블 위에 올려놓는 게 보였다. 이제 의심의 여지가 없어졌다. 리키가 샤이엔의 아이스카페에서 아르바이트를 하고 있는 것이다.

내가 모르는 게 뭐지!? 내가 딱 하루 결석한 사이, 리키가 그 거짓말쟁이 독사 밑에서 갑자기 일을 하고 있다고?

나는 놀란 마음을 뒤로하고 리키의 뒤로 다가갔다.

"안녕, 리키."

리키가 당황한 표정으로 나를 쳐다봤다.

"너, 왜 여기 있어? 날 스토킹 하는 거야, 뭐야?"

리키의 목소리가 더 당황스러웠다.

"그건 내가 하고 싶은 질문인데. 넌 여기서 뭐 하는 거야?"

"여기서 뭘 하면 어때서?"

"무슨 일이냐고!"

내가 다그쳐 물으며 분홍색 팔찌가 채워진 리키의 손을 잡자, 리키가 바로 손을 뺐다. 갑자기 짚이는 게 있었다.

"혹시 알렉스랑 얘기했니?"

"제발 나한테 알렉스 얘기 좀 하지 말라고 했지?" 리키가 짜증을 냈다. "이제 그만 가."

리키는 왠지 기분이 좋지 않아 보였다.

하지만 나는 리키가 대체 왜 이러고 있는지 도무지 이해가 되지 않았다.

"너랑 얘기 좀 해야겠어. 일 언제 끝나? 데리러 올게."

"시간 없어." 리키가 바로 대답했다. "오늘 저녁엔 선약이 있어."

그러고는 데스크에서 행주를 가지고 와서 바쁜 척하며 테이블들을 마구 닦기 시작했다.

나는 리키를 따라가서 팔을 잡고 말했다.

"리키, 제발. 중요한 일이야."

하지만 리키는 불쾌하다는 표정으로 내 손을 뿌리쳤다.

"손 치워! 우리가 잘될 일은 없어. 수련회에서의 일은 실수였어."

그러고는 내 눈길을 피하며 덧붙였다.

"내 말대로 해. 당장 여기서 나가는 게 좋을 거야."

"난 이해가 잘…" 내 눈에 눈물이 고였다. "나랑 헤어지겠다는 거야?"

"우리가 사귄 거였다면 그래, 헤어지자고 하는 거야. 하지만 애초부터 우린 사귄 적이 없어."

"나한테 왜 이래?"

"너한테 뭘 하는 게 아니야. 그냥 현실로 돌아온 것뿐이지. 이제 진짜로 꺼져!"

# 29

# 리키와 샤이엔

“아, 너 여기 있었구나.”

엄마의 목소리가 들렸다.

“한참 찾았잖아.”

엄마가 놀란 눈으로 나를 쳐다봤다.

“우는 거니?”

“아니요.”

나는 콧물을 훌쩍거리며 대답했다.

“아, 다행이구나! 혹시라도 또 너 때문에 뭔가 잘못되나 했지. 내일은 신선하고 좋은 인상을 줄 수 있겠어.”

엄마가 내 어깨를 가볍게 쳤다.

“자, 그럼 네 바지나 사러 갈까?”

나는 말없이 엄마를 따라갔다. 엄마가 옆에서 떠드는 소리는 전혀 들리지 않았고, 아무 생각 없이 바지를 입어보고, 다른 바지를 입어보고, 또 다른 바지를 입어봤다. 엄마는 계산대에 가기 직전까지도 계속해서 맘에 든다며 뭔가를 집어 왔지만, 나는 그저 엄마가 시키는 대로만 했다. 옷이 어울리는지, 안 어울리는지는 아무 상관이 없었다.

엄마가 마치 사냥대회에서 탄 우승 트로피라도 되는 것처럼 쇼핑백들을 자랑스럽게 들어 올렸다.

"이제 그만 갈까? 시간이 좀 됐네. 할 건 다 한 것 같아."

'엄마가' 할 일을 다 한 거겠죠. 하지만 나는 이대로 갈 수 없다.

"먼저 가세요. 전 할 일이 남아서요."

엄마가 뭔가를 생각하는 표정으로 나를 쳐다봤다.

"그래, 그럼 집에서 보자."

이제 엄마가 가면 아이스카페 문을 닫을 때까지 기다렸다가 리키를 만날 계획이다. 리키와 얘기하기 전에는 절대로 그냥 돌아가지 않을 것이다. 리키한테 대체 무슨 일인지 설명을 들어야만 한다. 더 이상 누군가 나를 먼저 떠나는 일을 겪고 싶지 않다. 어차피 내가 안나의 사진에 대해 털어놓고 나면 리키가 나를 떠날 테지만, 그전에 그런 일을 당하고 싶지는 않다.

나는 에스컬레이터를 뛰어 올라갔다. 그놈의 아이스카페가 한눈에 보였다. 리키한테서 눈을 떼지 않으며 나는 다시 수련회에서 우리가 함께한 시간을 되새겨봤다. 그때, 나는 더 이상 혼자 외롭게 지내지 않아도 된다는, 아주 새롭고도 행복한 기분을 느꼈다. 우리가 함께 있을 때 그 어떤 것도 우리를 훼방 놓을 수 없었다.

우리가 불과 이틀 전까지 커플이었다는 사실이 믿기지가 않는다. 리키는 갑자기 자기가 서빙 하는 아이스크림 컵보다도 더 차갑게 나를 대하고 있다.

이런 생각을 하고 있는데, 갑자기 샤이엔의 남자친구인 슈미티가 리키 앞에 검은 양복을 입고 나타났다. 저 인간은 왜 또 나타난 거지?

나는 아이스카페를 말없이 노려봤다. 이 카페에는 가짜 과일 모형들을 붙여놓은 플라스틱 야자수들이 늘어서 있다. 하얀 접이식 의자와 낡은 테이블 들이 교차돼 있어서 위에서 보니 어디가 어딘지 모르겠다. 아이스크림 컵에 그려진 그림까지도 어지럽고 꼴 보기 싫다. 정말이지 샤이엔네 가게가 싫다.

리키가 마지막 손님의 계산을 해주고는 아이스카페 앞 테이블과 의자 들을 가지런히 정리하기 시작했다. 그사이에 슈미티는 어디론가 사라지고 없었다. 그런데 이번엔 어깨에 쇼핑백들을 잔뜩 둘러멘 샤이엔이 어디선가 나타나서 건들거리는 태도로 리키를 지켜봤다. 샤이엔의 역겨운 향수 냄새가 한참 떨어진 이곳까지 풍기는 듯했다.

샤이엔이 리키한테 뭐라고 말을 걸었는데, 아마 리키한테 자기 가방을 들라고 한 모양이다. 리키가 후다닥 앞치마를 풀어 던졌다. 그러고는 샤이엔이 정산을 하는 동안, 팔에 샤이엔이 준 쇼핑백을 건 채 근처에 있는 공중화장실로 갔다.

나는 이때다 싶어 에스컬레이터를 몇 계단씩 점프하며 뛰어 내려가서 입구에 서 있는 덩치 큰 보안요원의 팔을 잡았다.

보안요원이 강렬한 눈빛으로 나를 내려다봤다.

"영업 종료 시간입니다."

"알죠."

나는 화장실 입구에 눈을 고정한 채 말했다.

"여자친구만 나오면 갈게요."

보안요원이 고개를 끄덕였다.

보안요원 뒤에는 청소부들이 일을 하고 있었다. 순간 나도 모르게 픽 웃을 뻔했다. 빨간색 작업복에 '슈바르츠 청소 서비스'라고 알렉스 아빠네 회사 이름이 쓰여 있었기 때문이다. 거기에 정신이 팔려 하마터면 화장실로 들어가는 샤이엔한테 들킬 뻔했다.

리키와 샤이엔이 한참 후에 화장실에서 나왔을 때, 리키는 못 알아볼 정도로 짙은 화장을 하고 있었다. 그리고 어두운 색의 짧은 원피스에 하이힐을 신고 있었다. 리키의 귀에서는 은색 귀걸이가 달랑거리고 매력적인 검은 머리가 풀어 헤쳐져 빛이 났다. 정말이지 아름다웠다. 다만 리키는 왠지 내키지 않는 표정을 짓고 있었다.

리키와 샤이엔이 쇼핑센터를 나가자 나는 어느 정도 거리를 두고 뒤따라갔다. 저녁 어스름 속에서 지상 전철이 큰 소리를 내며 달리고 있었다. 리키는 몇 번씩이나 발을 헛디뎠고 샤이엔은 리키가 넘어지지 않도록 리키의 팔을 꽉 붙잡았다.

잠시 후, 리키와 샤이엔은 문 앞에 작은 올리브 나무가 서 있는 한 이탈리안 레스토랑으로 들어갔다.

샤이엔이 리키를 화려하게 변신시킨 뒤 피자를 사준다는 게 도무지 이해가 되지 않았다. 레스토랑 안에서 무슨 일이 벌어지고 있는지 궁금했지만 누런 커튼 때문에 제대로 보이지 않았다.

나는 용기를 내서 레스토랑 출입문을 잡아당겼다.

레스토랑 안은 사람들로 북적이고 있었다. 고함치듯 주문하는 소리와 피자 냄새가 진동을 했다. 리키와 샤이엔은 창가에 앉아 있었는데, 둘 말고 다른 사람들이 있었다. 슈미티가 샤이엔의 어깨에 손을 두르고 앉아 자기 또래로 보이는 사람과 건배를 하고 있었다. 그리고 그 사람은 리키한테서 눈을 떼지 못하고 있었다.

그걸 본 나는 망설일 것도 없이 성큼성큼 걸어갔다.

"나랑 얘기 좀 해, 리키."

리키는 나를 무시했다. 오히려 샤이엔이 놀라서 벌떡 일어나 출구 쪽으로 나를 밀어냈다.

"저리 꺼져, 멍청아." 샤이엔이 욕하며 소리 질렀다. "망치지 말고."

하지만 샤이엔은 나를 절대 쫓아내지 못할 것이다.

"여기서 뭘 하는 거야?"

"진짜 몰라서 묻니?"

샤이엔이 금발 머리를 뒤로 쓸어 넘기고 내 코앞에 얼굴을 들이밀었다. 샤이엔의 역겨운 향수 냄새에 속이 메슥거렸다.

"우린 멋진 남자들과 만나고 있는 중이거든. 좀 잠자코 있어."

"너야 그렇겠지. 하지만 리키는 아니야! 내 여자친구를 데려가기 전까진 한 발짝도 못 움직여."

"여자친구?" 샤이엔이 독사처럼 비웃었다. "웃기지도 않네."

순간 뒤에서 누군가의 공격을 받고 내 몸이 문밖으로 날아가 나동그라졌다. 슈미티가 내 뒷덜미를 잡아 내팽개친 것이다.

나는 잽싸게 다시 일어나서 문을 열었다.

하지만 슈미티가 내 앞을 가로막았다.

"오늘은 영업 끝났어."

"리키랑 얘기해야 돼."

이 순간만큼은 눈에 뵈는 게 없었다. 그저 리키를 더 이상 저 나쁜 인간들 속에 두고 싶지 않다는 생각뿐이었다.

슈미티가 나를 깔보는 듯한 눈빛으로 노려봤다.

"하지만 리키는 너랑 가고 싶어 하지 않을 텐데."

나는 다시 한 번 슈미티를 밀치고 가게로 들어가려 했다.

"리키가 직접 그렇게 말한다면 믿겠어."

그때 슈미티가 주먹을 날려 내 입을 쳤다. 금세 입술이 퉁퉁 부어오르기 시작했다. 하지만 놀랍게도 두려움 같은 건 느껴지지 않았다.

"이게 다야?"

그러자 슈미티의 주먹이 배를 강타했고, 나는 헉 소리를 내며 무릎이 꺾였다.

"밖에서 기다려. 뭔 말인지 알지?"

슈미티는 그렇게 말하고 다시 레스토랑으로 들어갔다.

나는 잠시 눈을 감고 숨을 헐떡거리다가 다시 일어나서 슈미티를 따라 들어갔다.

나는 테이블 앞에 서서 리키를 비장한 눈빛으로 내려다봤다.

"가자. 여기서 나가자."

리키가 잔뜩 굳어 있는 동안 샤이엔이 또 너냐는 듯 눈을 까뒤집었다. 나머지 한 남자가 짜증난다는 표정을 지었다.

"혹시 얘가 쟤 오빠야?"

슈미티가 샤이엔한테 물었다.

잠시 후 눈을 떠보니 나는 차가운 아스팔트 바닥에 코피를 흘리며 누워 있었고, 오른쪽 눈은 다쳤는지 잘 떠지지 않았다.

지나가던 행인 몇 명이 나를 놀란 표정으로 내려다봤지만 아무도 일으켜주지는 않았다. 게다가 누군가 핸드폰으로 나를 찍고 있었다.

옆에서는 슈미티가 쪼그리고 앉아 나를 보고 있었다. 나는 광이 번쩍번쩍 나는 슈미티의 구두를 바라봤다.

"잘 들어, 이 멍청한 놈아." 슈미티가 말했다. "내 일을 방해하면 널 죽여버릴 거야."

"엿 먹어."

내가 욕을 내뱉었지만, 슈미티는 다시 레스토랑 안으로 들어가 버렸다.

나는 억지로 몸을 일으켜 입구에 있는 올리브 나무에 겨우 기댔다. 좀 쉬고 싶었다. 하지만 리키를 빼내기 위해 마지막 남은 힘을 끌어 모았다. 턱에 피가 흐르는 게 느껴졌다. 아직 괜찮아, 괜찮아. 나는 속으로 중얼거렸다. 다시 들어가자.

그때, 갑자기 문이 쾅 하고 열렸다. 놀랍게도 리키였다.

리키가 깜짝 놀란 표정으로 나를 훑어보더니, 하이힐을 벗어 던지고는 맨발로 어두운 밤거리로 뛰쳐나갔다. 뒤에서 샤이엔이 쫓아오는 게 보였다.

"너, 이대로 도망가면!"

샤이엔이 리키를 향해 소리 질렀다.

"넌 끝났어, 이 나쁜 계집애!"

## 30

# 우리 착한 친구들

엄마는 면접을 앞두고 정신이 없었다. 내가 아직도 학교에 가지 않고 침대에서 뒹굴고 있다는 사실도 몰랐다. 오전 내내 엄마는 이리저리 움직이느라 끊임없이 쿵쿵거렸다. 방에 갔다가 욕실에 갔다가, 쿵쿵쿵, 쿵쿵쿵. 욕실에서 부엌으로 가느라 또 쿵쿵쿵, 쿵쿵쿵. 부엌에서 방으로 가느라 쿵쿵쿵, 쿵쿵쿵. 또다시 부엌으로 가느라 쿵쿵쿵, 쿵쿵쿵, 쿵쿵쿵. 걸어 다니는 도중에 끊임없이 혼잣말을 하고 면접 때 준비한 말들을 계속해서 중얼거리며 연습했다. 너무 지겹게 들어서 다 외울 지경이었다.

그러다 드디어 현관문이 닫혔다.

나는 어기적거리며 침대에서 기어 나와 욕실로 갔다. 어제저녁 집에 오자마자 곧장 내 방으로 들어갔다. 엄마가 내 찢어진 바지와 팅팅 부어오른 얼굴을 보면 꼬치꼬치 캐물을 게 뻔하니까. 욕실 거울을 들여다보며 이만하기 다행이라는 생각이 들었다. 좋아, 코가 계속 욱신거리지만 부러지진 않았어. 부어오른 눈은 엄마의 컨실러로 가려보자. 그래도 입술 찢어진 건 아무래도 감추기 어렵겠네.

왠지 내가 맞을 만한 놈이라는 생각이 떠나질 않았다. 물론 슈미티는 다른 이유로 때린 거지만.

샤이엔이 리키를 손아귀에 쥐고 강제로 그 이상한 만남 자리에 나가게 했다는 확신이 들었다. 슈미티는 '내 일'이라고 했는데, 무슨 일인지 알고 싶어졌다. 어제 리키랑 대화를 못 했으니 오늘 전화라도 해야겠다. 그렇지만 그전에 얘기할 사람이 하나 더 있다.

나는 내 말을 믿지 않는 경찰관을 만나 모든 걸 자백했다.

그리고 나를 더 이상 보고 싶어 하지 않는 알렉스를 만났다.

그리고 내 말을 더 이상 듣고 싶어 하지 않는 리키도 만났다.

그럼 얘기해야 할 마지막 한 사람이 남았는데,

바로 안나다.

병원에서 담당 간호사로부터 안나가 오늘 퇴원했다는 말을 들었다. 그리고 내가 오늘 그걸 물어본 두 번째 사람이라는 얘기도 들었다.

나는 바로 안나 집으로 갔다.

안나 아빠가 문을 열어줬다.

"아이고! 넌 또 얼굴이 왜 그러니?"

나는 잠자코 어깨를 으쓱했다.

"어서 들어와. 안나는 자고 있다. 방금 막 아침을 차렸는데, 같이 먹을래?"

나는 고개를 끄덕였고, 아저씨를 따라 부엌으로 갔다. 그런데, 거기에 안나 엄마와 함께 리키가 앉아 있었다.

리키는 겁에 질린 표정이었다. 눈이 퀭하게 들어갔고, 얼굴은 창백했다. 어제의 모습과는 전혀 달랐다. 화장을 전혀 하지 않았고 낡은 면 티셔츠를 걸치고 있었다.

리키는 긴장되는 듯 입술만 잘근잘근 깨물면서 나를 쳐다보지도 않았다. 하지만 리키가 그런 상태라고 해도 안나와 얘기하겠다는 내 계획에는 변함이 없었다.

안나 엄마는 내 꼴을 보고 깜짝 놀라 나를 한참 동안 껴안아줬는데, 얼마나 꽉 끌어안았던지 아주머니의 분홍색 스웨터에서 나는 섬유 유연제 냄새를 맡을 수 있을 정도였다.

"우리 착한 친구들. 너희는 안나를 정말 친구로 생각해주는 유일한 애들이구나."

나는 거기다 대고 뭐라 말해야 할지 알 수 없었다. 리키는 그렇다. 하지만 나는?

"지금까지 너희 말고 찾아온 애들이 없었어."

아주머니가 드디어 껴안은 팔을 풀며 말했다.

"심지어 너희 담임 선생님도 찾아오지 않았단다."

그러고는 나를 리키 맞은편 자리로 이끌었다.

"대신 편지를 보내주셨잖아."

아저씨가 내 앞에 스푼과 포크를 놓아주며 아주머니를 달랬다.

"그래, 편지 보냈지." 아주머니가 건조하게 말했다. "달랑 한 통."

그러고는 나한테 커피 한 잔을 건넸다.

바구니 안의 작고 동그란 바게트 빵에서 고소한 냄새가 났다. 작은 꽃다발 옆에는 초록색 유리병에 찻주전자를 데울 때 쓰는 작은 초 두 개가 들어 있었다.

아무래도 아주머니와 아저씨는 너무 나쁜 일을 겪은 나머지 좋은 점만 생각하려고 하는 것 같았다. 그저 딸이 죽지 않고 곁에 있다는 것만으로도 기쁜 것 같았다.

"안나는 아직 자고 있어." 아주머니가 말했다. "많이 쉴수록 좋다고 하더라."

"당신도 좀 쉬어야 해." 아저씨가 부드럽게 말했다. "당신도 너무 지쳐 있어."

"난 쉴 수 없어." 아주머니가 힘차게 고개를 저으며 말했다. "혹시 우리가 딸한테 너무 많은 걸 요구하진 않았나, 자꾸 그런 생각만 나."

"너무 자책하지 마." 아저씨가 달랬다. "안나가 원래 성실하고 양심적인 아이라서 그런 거야."

"안나가 왜 그런 아이가 됐는지 모르겠어? 우리가 그 애한테 바란 게 너무 많았어! 너무 모범적인 생활을 강요했다고! 좋은 성적! 계속되는 압박, 압박, 압박!"

리키와 나는 조용히 있었다. 아저씨와 아주머니는 우리가 곁에 있다는 사실을 잊은 듯했다.

아저씨가 깊은 한숨을 쉬고 말했다.

"제발 레기나, 그만 싸웁시다."

"왜?" 아주머니가 도전적으로 말했다. "마지막 상담 시간에 당신도 말했잖아. 우리가 안나의 말을 한 번도 제대로 경청해준 적이 없다고 말이야. 그 사진 사건만 해도 그래. 일단 안나의 얘기를 차분히 들어봤어야지. 그냥 경찰서로 직행했잖아."

"레기나…."

"당신이 직접 한 말이야. 내 말이 아니고."

리키는 고개를 숙인 채 가만히 앉아 있었지만, 나는 아주머니와 아저씨가 계속 서로를 비난하는 걸 보고만 있을 순 없었다. 이분들에게 필요한 건 진실이다. 내 입에서 나올 진실.

"그 사진 말인데요."

그런데 아저씨가 내 말을 듣자마자 두 손으로 식탁을 쾅 내리치는 바람에 다들 깜짝 놀랐다.

"그 사진 얘기는 듣고 싶지 않다." 아저씨가 소리쳤다.

"왜 갑자기 소리를 질러?" 아주머니가 말했다. "안나 깨겠어."

"사진 얘긴 하지 말자." 아저씨가 말했다. "어차피 가짜잖아."

순간, 자백하려고 준비했던 말들을 까맣게 잊어버렸다.

"뭐… 뭐라고요?" 나도 모르게 목소리가 떨렸다. "그, 그게 무슨 소리죠?"

아주머니가 두 손을 맞잡고 나를 보며 말했다.

"지금부터 내가 하는 얘기는 우리끼리만 알고 있어야 한다. 안나가 너희한테 비밀을 말했다는 걸 알면 어떻게 생각할지 모르니까 말이야. 안나는 어릴 때부터 심한 건선[피부에 붉은 반점이나 흰 버짐이 심하게 번지는 병]을 앓았어. 그래서 그렇게 매일 목까지 단추를 잠근 옷만 입은 거란다. 덕분에 좋은 점도 있었지만, 분명 안 좋은 점도 있었지. 스트레스를 받으면 건선 증세가 더 심해졌거든."

아저씨가 옆에서 고개를 끄덕였다.

"그런데 그 사진에는 안나의 건선 자국이 하나도 없었잖니."

나는 아주머니의 말이 믿기지가 않았다.

"그럼 그 사진 속 여자애가 안나가 아니라는 말씀이세요?!"

"그렇지." 아저씨가 대신 대답했다.

나는 침을 꿀꺽 삼켰다.

"그렇다면 진실을 말해야지, 왜 자살을 하려고 한 거죠?"

"모르겠니?"

아주머니가 나를 보며 말을 이었다.

"안나는 자기 병을 밝히기 싫었던 거야. 그 얘길 하느니 차라리 오해를 받는 편이 나았던 거지. 그 사진 속 여자애가 자기가 아니라는 걸 밝히기 위해서는 먼저 그 병에 대해 말해야 하는데, 그게 싫었던 거야."

"안나는 프렌드북에서 누구한테 사진을 보낸 적이 전혀 없다고 하더구나." 아저씨가 덧붙여 말했다. "안나는 프렌드북 계정 자체가 없대. 우리도 나중에야 알았다."

"그 사진 속 여자애가 안나가 아니라면… 대체 누구인 거죠?"

"우리도 그건 모른단다."

부엌에 잠시 정적이 흘렀다.

리키가 천천히 고개를 들었다.

"제가 말씀드릴게요."

리키가 잠긴 목소리로 말을 이었다.

"사진 속 여자애, 저예요."

# 31
# 아직 끝나지 않았다

스테이크 하우스에서 만나기로 약속한 시간이 10분이나 지났는데 아빠는 아직 오지 않았다. 아빠가 꼭 와줘야 하는데. 이미 콜라를 시켰는데 돈이 없기 때문이다. 나는 조심스럽게 콜라를 한 모금 마셨다. 찢어졌던 입술은 아물었고, 여기저기 다친 데도 괜찮아졌다.

그렇게 배가 고프진 않았다. 며칠 전부터 그랬다. 옆 테이블에서는 뚱뚱한 여자 세 명이 열심히 먹고 있다. 그중 둘은 큼직한 티본스테이크를 게걸스럽게 썰어 먹고 있다. 나머지 한 명은 거대한 햄버거를 먹어치우고 있다. 보통 같으면 신기해서 몰래 사진으로 찍었을 것이다. 하지만 이제 사진이라면 신물이 난다.

20분이 지나니 조금 불안해졌다. 혹시 아빠가 약속 장소를 헛갈린 건 아닌지 생각하는데 아빠가 들어왔다.

"미안. 사무실에 할 일이 남아서."

아빠는 양복에 넥타이 차림이었다. 아빠가 재킷 주머니에서 핸드폰을 꺼내 테이블 위 스푼 옆에 놓아두었다.

"오래 기다렸니?"

"아니요." 나는 거짓말로 말했다. "방금 왔어요."

아빠가 핸드폰 화면이 보이도록 뒤집어놓고 말했다.

"좋아, 좋아."

잠시 동안 우리는 말없이 가만히 있었다. 오늘은 내가 만나자고 한 게 아니다. 아빠가 만나자고 한 것도 아니다.

"엄마 말이다."

아빠가 결국 먼저 말을 꺼냈다.

"엄마가 둘이서 얘기 좀 하라고 하더구나."

아빠가 수염 깎은 턱을 손으로 비비적거리며 말을 이었다.

"진지하게 말이야. 엄마가 네 걱정을 많이 하고 있어. 알고 있니?"

안나 집에 갔을 때 리키가 있는 자리에서 내 잘못을 고백하고 나면 마음이 편안해질 줄 알았는데, 그렇지 않았다. 오히려 훨씬 괴롭고 역겨웠다. 그래도 이젠 엄마한테도 사실을 알려야겠다는 결심이 섰다.

그런데 집 문을 열기도 전에 안에서 소란스러운 소리가 들렸다. 엄마가 화풀이라도 하듯 요란하게 거실을 청소하고 있었다. 면접이 어떻게 됐는지 물어보지 않아도 뻔했다. 어차피 기다려봤자 쉽게 진정되지 않을 것 같아서, 나는 엄마한테 모든 걸 얘기할 테니 부엌으로 와달라고 했다. 그리고 부엌에 앉아 하나도 빠짐없이 몽땅 털어놓았다. 안나의 부모님에겐 내 행동만 고백했지만, 엄마에겐 그때그때의 감정과 절망감까지 고백했다. 내가 왜, 어떻게 거짓말밖에 할 수 없었고 방법을 찾을 수 없었는가에 대해서도 말했다.

엄마는 늘 해온 대로 똑같은 반응을 보였다. 먼저 나한테 소리를 질렀고, 이어서 이제 나 때문에 밖에서 고개를 들고 다닐 수 없다는 둥, 내가 엄마를 뼛속까지 부끄럽게 만들었다는 둥, 자기는 엄마로서 자격이 없다는 둥….

나는 엄마의 질타를 가만히 듣고만 있었고, 구차한 변명도 반박도 하지 않았다.

사흘 뒤, 엄마는 우편으로 면접 불합격 통보를 받았다. 비난의 화살이 향할 상대는 정해져 있었다. 바로 나. 엄마의 발목을 잡고 있는 아들.

이제 한 가지는 분명해졌다. 엄마는 나보다 자신을 더 걱정하는 것 같다.

"네, 저도 엄마가 제 걱정을 많이 한다는 거 알아요."

종업원이 다가오자 아빠가 테이블 가장자리에 메뉴판을 올려놓으며 물었다.

"주문했니?"

"아니요."

아빠가 메뉴판을 빠르게 넘기며 종업원에게 말했다.

"전 등심스테이크로 주세요. 미디엄으로요."

그러고는 나를 봤다.

"넌 뭐 먹을래?"

"전 배가 안 고파서요."

정말로 배가 안 고팠다. 게다가 아빠가 엄마 부탁으로 나한테 조언을 해주러 온 것 같은데, 그렇다면 아빠 얘기를 듣는 동안 고기를 씹고 있는 게 별로 좋은 모양새도 아니다. 아빠 얘기를 들으며 뭐가 입 안으로 넘어갈 수 있을까. 역시 아빠는 나를 잘 모른다.

"혼자 먹긴 싫은데. 그럼 아빠랑 같은 거 하나 시켜."

나는 피곤해서 그냥 동의했다. 쓸데없이 번거롭게 하고 싶지 않았다.

아빠가 다시 종업원을 향해 말했다.

"그럼 같은 걸로 두 개 주세요. 물도 주시고요. 오래 걸리나요? 제가 시간이 30분밖에 없거든요."

30분이면 '조용히 대화'하기에 충분한 시간이다.

종업원이 스테이크용 나이프 두 개와 물을 가져다줬다.

아빠가 물을 한 모금 마셨다. 그러고 나니 다시 둘 다 말이 없었다.

"아스트리드 아주머니와 쌍둥이는 잘 지내나요?"

아빠가 계속 아무 말도 안 해서 내가 말을 꺼냈다.

"응, 다들 잘 지내. 애들도 계속 네 얘길 한단다."

아빠가 스푼을 만지작거리다가 나침반처럼 돌리기 시작했다.

"내년 봄 옥상에 한 층을 증축할 예정이다. 그럼 네가 와도 잘 방이 있을 거야. 물론 그때 가서 예산을 봐야겠지만."

나는 갑자기 짚이는 게 있어 아빠한테 물었다.

"그 말은, 제가 혹시 아빠 집으로 들어가야 한다는 말씀이세요? 이미 결정된 건가요?"

아빠가 양손을 마구 내저으며 말했다.

"아니, 아니. 그냥 여러 방법 중 하나야. 올 때마다 에어 매트리스에서 잘 순 없으니까… 너도 알잖니. 계속 그럴 순 없으니까…."

아빠가 잠시 멈췄다가 말을 이었다.

"혹시 우리 집으로 들어올 생각 있니?"

나는 들어가고 싶은가?

엄마가 모든 진실을 알고 나자 나는 집 안 분위기를 도저히 견딜 수가 없었다. 엄마는 내 일거수일투족을 다 감시하려 들었다. 어느 날부터는 내 숙제도 검사하기 시작했다. 내 용돈도 끊고, 3개월간 집 밖으로 나가지 말라고 선언하고는 내 노트북도 가져가 버렸다. 물론 그런 벌을 내려놓고 금세 까먹긴 했지만.

하지만 대신 엄마는 걸핏하면 나한테 막말을 퍼부었다. 내가 하는 행동 하나하나가 모두 화나는 모양이었다. 엄마는 내가 양말을 빨래통에 넣지 않거나 식기세척기에 컵을 넣지 않을 때마다 짜증을 냈다. 그러면서 꼭 끝에는 차라리 아빠하고 사는 게 낫지 않겠냐고 소리 지르곤 했다.

하지만 그건 내가 결정한다고 되는 일이 아니다. 아스트리드 아주머니가 같이 사는 걸 그리 달가워하지 않을 것이기 때문이다. 차라리 집이 없는 청소년들을 위한 공동 주거공간에 들어가는 것도 나쁘지 않다. 이 얘기는 학교 상담선생님이 해주셨다. 나는 요즘 내 돈으로 생필품을 한 봉지 가득 사서 내 집으로 들고 가 내 냉장고에 채워 넣는 상상을 한다. 하지만 마음 한편에서는 엄마를 혼자 두고 잘살 수 있을지 걱정이 된다. 엄마는 성격이 저렇긴 해도 불쌍한 사람이기 때문이다.

"감사한 말이지만, 지금도 괜찮아요."

종업원이 야채 샐러드가 든 접시 두 개를 내려놓자마자 아빠가 샐러드에 식초와 오일 소스를 뿌렸다. 소금도 조금 뿌렸다.

"학교생활은 어때?"

아빠가 나를 쳐다보지 않고 말했다.

리키와 나의 상황은 당연히 별로 좋지 않다. 우리는 퇴학 권고까지 받았지만, 베아테 상담선생님 덕분에 '그저' 권고 사항으로만 남게 되었다. 하지만 학교에서는 모두가 우리를 싫어한다. 친구들도 싫어한다. 선생님들도 싫어한다. 안나와 알렉스도 당연히 싫어한다.

안나는 시의 반대편 끝에 있는 여자고등학교로 전학을 갔고, 알렉스는 자발적으로 기숙사에 들어갔다. 이 둘은 더 이상 우리와 엮이고 싶어 하지 않았다.

리키와 나는 이 모든 일들을 풀어내고, 우리가 얼마나 서로에 대해 몰랐는지에 대한 충격도 회복해야 했다. 리키는 나를 안나의 끔찍한 운명에 동정심을 가지고 반응하는 섬세한 사람이라고 생각했다. 그리고 나는 리키가 그저 안나와 좋은 친구가 되려는 줄로만 알고 있었다. 어쩌면 우리는 둘 다 양심의 가책을 느끼고 있어서 서로에게 끌렸는지도 모른다.

우리는 2주에 한 번씩 베아테 선생님의 상담실에서 만난다. 여기서 우리는 모든 걸 말해야 한다.

리키는 아빠의 갑작스러운 실직 때문에 샤이엔의 아이스카페에서 일자리를 얻으려 했다고 한다. 질투심 많은 샤이엔은 리키한테 모멸감을 줄 절호의 기회를 놓치지 않았다. 샤이엔은 리키한테 다른 아이들한테 시킨 도둑질 말고 다른 걸 시켰다. 그게 바로 사진 사건의 출발이었다. 샤이엔은 내가 알렉스를 골탕 먹이려고 장난친 데다 안나가 자살 기도까지 하는 바람에 더더욱 리키를 강하게 손아귀에 쥐고 슈미티를 만나도록 강요했다. 슈미티는 난봉꾼으로 경찰서에서도 이미 유명한 사람이었다.

사건이 모두 밝혀지고 나서 리키의 아빠는 샤이엔과 슈미티를 경찰에 고소했고, 그 뒤로 그 둘은 모습을 보이지 않았다. 아무도 그 둘의 근황을 모른다. 그리고 대장을 잃은 핑크 레이디스 패거리는 완전히 평범한 아이들로 돌아왔다.

"학교생활도 괜찮아요."

"좋아, 좋아."

아빠가 샐러드 그릇을 뒤적거렸다.

"다른 건 어때?"

"다른 거 뭐요?"

"뭐, 네 개인적인 문제라든가."

내 문제야 있지만, 해결할 수 있는 문제는 아니다. 나는 리키를 여전히 좋아한다. 어제 지상 전철 정류장 벤치에 리키가 앉아 있길래 옆에 앉았다. 리키는 나를 피하지 않았다. 나는 가만히 앉아서 언젠가 나중에 리키를 집에 데려다주고 리키의 가족들을 만날 수 있지 않을까 생각해봤다.

전철이 왔지만, 리키는 타지 않았다.

"무슨 문제요?"

스테이크가 나왔다. 아빠가 후추통을 집어 들고 스테이크 위에 뿌렸다.

"좀 쓸쓸해 보이는구나."

나는 대답하지 않았다.

"별로 말하고 싶지 않은 기분인 것 같기도 하고."

"네, 뭐."

나는 한숨을 쉬며 말했다.

"다 드시면 얼른 가보세요."

아빠가 포크를 옆에 내려놓고 핸드폰을 들었다.

"잠시만. 사무실에 들어가기 어렵다고 말해야겠다."

갑자기 극심한 허기가 느껴졌다.

뱃가죽이 등에 달라붙는 것 같다.

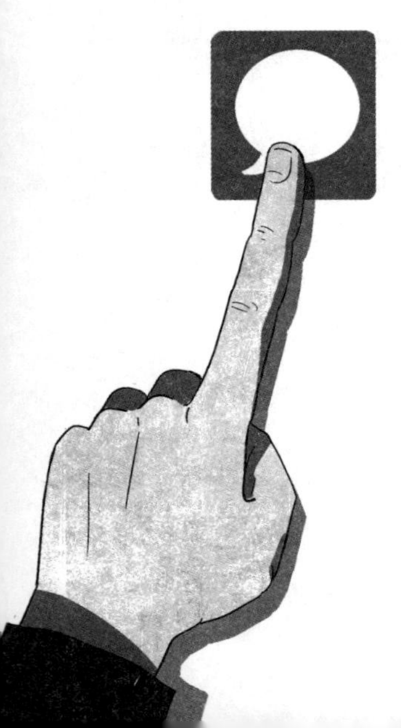